우적우적,
쇠붙이
먹는
괴물

돌콩 옛이야기 1 창의력 편

우적우적, 쇠붙이 먹는 괴물

© 글 강민경, 2013

1판 1쇄 인쇄 2013년 10월 31일 | **1판 1쇄 발행** 2013년 11월 15일
글 강민경 | **그림** 하효정
펴낸이 권준구 | **펴낸곳** (주)지학사
편집이사 강현철 | **편집장** 박미영 | **팀장** 김은영 | **편집** 박정란 김민영 문지연 김연정
디자인 최명희 | **제작** 권용익 김현정 이진형 | **마케팅** 이상혁 송성만 이선호
등록 2010년 1월 29일(제313-2010-24호) | **주소** 서울시 마포구 신촌로 6길 5
전화 02.330.5297 | **팩스** 02.3141.4488 | **홈페이지** www.jihak.co.kr/arb/book

ISBN 978-89-94700-74-8 64800
ISBN 978-89-94700-73-1 64800(세트)
잘못된 책은 구입하신 곳에서 바꿔 드립니다.

아르볼 은 (주)지학사가 만든 단행본 출판 이름입니다.

우적우적,
쇠붙이
먹는
괴물

글 강민경 | 그림 하효정

아르볼

"우리나라 옛이야기는 유치하고 재미없어요!"

한 초등학생의 말에 크게 충격을 받은 적이 있어요. 세계 명작 이야기는 재미있고 수준이 높은데, 우리나라 옛이야기는 재미가 없어서 읽기가 싫다는 말을 듣고 얼마나 놀랐는지 몰라요.

그런데 이런 생각을 가지고 있는 초등학생이 그 친구 하나만은 아닐 거예요. 세계 명작의 경우 갖가지 그림책, 동화책은 물론 애니메이션으로 익숙하게 보고 듣고 있지요. 그와 비교해 우리 옛이야기는 조금 낯설게 느껴지는 게 사실이에요. 낯설다 보니 재미없고 수준이 낮다고 생각하게 됐는지도 모르겠네요.

동화 작가로서 우리의 옛이야기가 재미있다는 것을 알리고 싶었어요. 또 이야기 속에 담긴 알토란 같은 교훈들을 자라나는 친구들에게 소개하고도 싶었지요. 그래서 이 책을 쓰게 되었답니다.

어느 것 하나 귀하지 않은 옛이야기가 없지만, 그중에서도 초등학생이 꼭 알아야 할 이야기를 주제별로 골라 보았어요.

창의력·용기·지혜·리더십·인성

이렇게 다섯 개의 주제를 정하고, 주제에 맞는 이야기를 고른 뒤 어린이들이 읽기 쉽게 풀어 썼어요. 또 각 이야기마다 덧붙이고 싶은 정보를 선별해 실었지요. 그뿐만이 아니라 독후 활동을 할 수 있는 워크북도 준비했답니다.

옛이야기를 읽고 그와 관련된 정보를 얻고, 워크북으로 복습하면서 서술형 평가도 대비하는 일석 삼조의 효과를 주는 책이라고 자신해요.

어느 때보다도 더운 여름을 옛이야기와 함께 보내다 보니, 원두막에 앉아 부채 바람을 즐기는 조상들과 함께 있는 기분이 들었어요. 우리 조상들은 자신들의 이야기가 그냥 사라지지 않고 이렇게 전해 내려왔다는 것에 무척 기뻐하고 계실 거예요. 친구들이 옛이야기를 읽으며 그 속에 담긴 교훈을 찾아낸다면 기쁨이 더 커지겠죠?

– 작가, 강민경

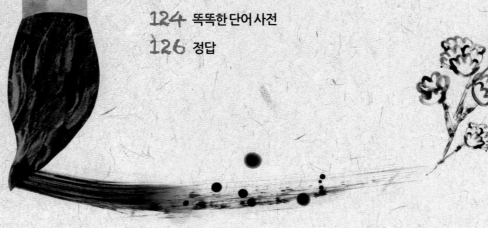

「설문대할망 이야기」 한라산을 베개 삼고 쿨쿨~

어마어마하게 큰 사람을 본 적이 있나요? 제주도를 만든 할머니는 정말 엄~청 나게 컸다고 해요. 한라산을 베개 삼고 잠잘 정도였다는 설문대할망※ 이야기를 시작해 볼까요?

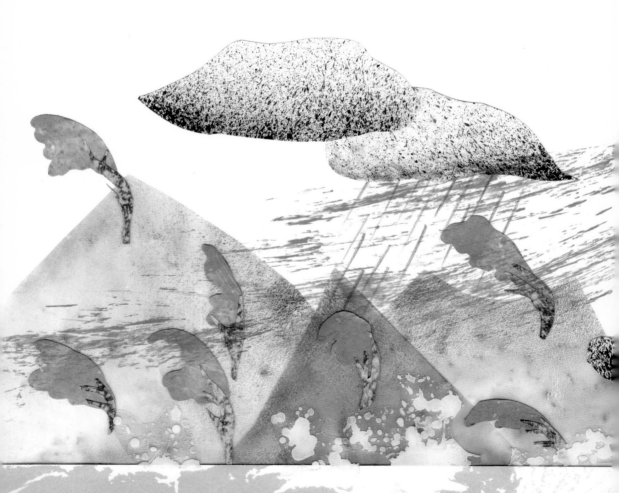

제주도의 거인 할머니

옛날 하고도 아주 먼 옛날, 우리나라 남쪽 바다 제주도에 '설문대할망'이 살고 있었다. 할망의 몸집은 엄청나게 컸다. 도대체 얼마나 큰지, 깊은 바닷물도 할망 앞에서는 시냇물 같았다. 겨우 할망의 무릎에서 찰방댈 뿐이기 때문이었다.

어디 그뿐인가? 잠을 잘 때는 한라산을 베개 삼아 누웠다. 그런데 할망의 거대한 몸은 제주도에 다 들어가지 못했다. 그래서 쭉 뻗은 다리를 관탈섬*에 턱 걸쳐야만 했다.

코 고는 소리는 또 얼마나 요란한지, '드르렁!' 들숨 한 번

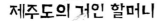

※ **할망** '할머니'의 제주도 사투리
※ **관탈섬** 제주도에서 조금 떨어져 있는 무인도

9

에 온 하늘이 흔들리고, '푸우!' 날숨 한 번에 온 땅이 들썩거릴 정도였다.

한라산이 생겨난 이야기

제주도가 아직 평평했을 때이다. 그때만 해도 제주도에는 산은커녕 바위조차 찾아볼 수 없었다. 어느 날 하루는 설문대할망이 섬을 둘러보다가 재밌는 생각이 떠올랐다.

"앉아서 쉴 만한 산을 만들어 볼까?"

할망은 일사천리※로 산을 만들기 시작했다. 넓은 치마폭 가득 흙을 퍼 담아 섬 한가운데 쌓기 시작한 것이다. 치마 가득 흙을 담고 몇 번 왔다 갔다 하니 금세 높다란 산이 생겼다.

"이만하면 됐나?"

할망은 우뚝 솟은 산을 흡족하게 바라보았다. 그러다 다시 고개를 갸우뚱하며 혼잣말을 했다.

"가운데가 너무 뾰족해서 앉기가 불편하겠구먼."

할망은 산꼭대기를 꾹꾹 눌러 다졌다. 이렇게 해서 생겨난 산이 한라산이다. 할망이 앉으려고 꾹꾹 눌러놓은 곳은 백록담이

※ **일사천리** 강물이 빨리 흘러 천 리를 간다는 뜻으로, 어떤 일이 거침없이 빨리 진행됨을 이르는 말

고 말이다.

한라산에 앉아서 편하게 쉬고 있던 설문대할망이 갑자기 한
숨을 내쉬었다.

"후유, 흙을 퍼 날랐더니 치마에 구멍이 나 버렸네. 속치마가
없어서 춥기까지 하고."

할망은 괜히 서글퍼졌다. 할망의 한숨이 깊어지자 사람들이
할망 곁으로 모여들었다.

"왜 그리 한숨 소리가 크십니까?"

"속치마가 없어도 만들어 줄 사람 하나 없으니 서글퍼서 그런다."

사람들은 할망이 딱해 보였다. 하지만 커다란 몸집에 맞는 속
치마를 만들어 줄 엄두※가 나지 않아 서로 눈치만 보았다. 그
때, 할망이 사람들 앞에 우뚝 일어섰다.

"너희들, 육지까지 오가는 길이 힘들지 않더냐?"

사람들은 할망의 느닷없는 물음에 서로 멀뚱멀뚱 얼굴만 쳐
다보았다. 아닌 게 아니라 제주도에서 육지까지 가는 길은 너무
멀었기 때문이다. 게다가 변덕스런 바다 날씨도 살펴야 했다.

"두말하면 잔소리지요. 육지까지 오가기가 정말 힘듭니다.

※ **엄두** 무엇을 하려는 마음을 먹음

그런데 그건 왜 물으십니까?"

할망이 사람들 앞에 쪼그리고 앉아 다정한 목소리로 말했다.

"내가 너희들을 위해서 이 섬에서 육지까지 가는 다리 하나를 놓아 줄까 한다. 어떠냐?"

"정말요? 저희야 엄두도 못 내는 일이지만, 할망이라면 뚝딱 해 주실 수 있을 것입니다!"

사람들은 벌써 다리가 생기기라도 한 듯 얼싸안고 기뻐했다. 그때 할망이 발을 한 번 쿵 굴렀다. 모두가 입을 딱 다물고 할망을 올려다봤다.

"그 대신 너희들이 나한테 해 줄 것이 있다."

"무엇입니까? 저희를 위해 머나먼 육지까지 다리를 놓아 주시겠다는데 못할 것이 어디 있겠습니까?"

"너희들은 내 속치마 한 벌만 만들어 주면 된다. 그리할 수 있겠느냐?"

사람들은 기쁜 마음에 고개를 끄덕이며 큰소리를 쳤다.

"당연하지요! 저희들이 힘을 합치면 속치마 한 벌 못 지어 드리겠습니까?"

"암요, 그렇고말고요!"

할망의 얼굴엔 흐뭇한 미소가 번졌다.

14

백 동※의 명주

다음 날부터 설문대할망은 눈코 뜰 새 없이 바빠졌다. 치마 가득 흙을 퍼 담아 제주에서부터 목포에 이르는 다리를 놓기 시작했기 때문이다. 하지만 할망의 치마는 이미 해질 대로 해진 터라 흙이 샜다. 구멍으로 숭숭 빠지는 흙이 절반이 넘었다. 그래도 속치마가 생길 것을 생각하며 열심히 다리를 놓았다.

사람들도 분주하긴 마찬가지였다. 속치마를 만들려면 일단 천이 필요했다.

"우리를 위해서 머나먼 육지까지 다리를 놓아 주시는데, 이왕이면 고운 명주※로 지어 드립시다."

"그거 좋은 생각이오!"

사람들은 아껴 두었던 명주를 꺼내 모았다. 더러는 새로 길쌈※도 했다. 이렇게 모은 옷감이 전부 합쳐 오십 동이나 되었다.

"자, 이 정도면 된 것 같지요? 어서 할망의 속치마를 지읍시다."

남자들은 천을 펴 잡고, 여자들이 그것을 이어 꿰매기 시작했다.

※ **동** 물건을 묶어 세는 단위. 1동은 50필(천, 말을 세는 단위)을 이르는 말
※ **명주** 비단이 명주의 하나임
※ **길쌈** 실을 내어 옷감을 짜는 모든 일을 통틀어 이르는 말

그런데 이게 웬일인가? 명주 오십 동을 다 쓰고도 속치마 앞판

밖에 완성되지 않았다.

"어허, 이 일을 어쩐다?"

"아무래도 명주 오십 동이 더 필요하겠어요."

사람들은 또다시 천을 모으기 시작했다. 그리고

다시 밤을 새워 가며 속치마를 만들었다.

한편, 다리 놓기에 열심이던 설문대할망은 문득

속치마가 잘 만들어지고 있나 궁금해졌다.

"지금쯤이면 얼추 다 지었겠구나."

할망은 하던 일은 잠시 놓아두고 철벅철벅 바다를 가로질러
다시 제주도로 향했다.

"옳지! 저것이로구나!"

멀리서 보니 알록달록 고운 천이 온 섬을 뒤덮고 있었다. 할망
의 속치마가 틀림없었다.

"허허, 색도 참 곱구나!"

할망은 새 속치마를 입을 생각에 가슴이 설레서 파도를 일으

키며 섬으로 뛰어갔다. 할망이 다가오니 드넓게 펼쳐진 속치마에 그림자가 드리워졌다. 속치마 주위에 늘어선 사람들의 얼굴에도 어두움이 짙어졌다.

"다 됐느냐?"

"저 그게……."

사람들은 저마다 입을 떼지 못하고 우물쭈물했다.

"왜 그러느냐? 다 됐으면 어디 한번 입어 보자."

할망이 속치마를 들어 올리자 제주도에 휘익, 바람이 몰아쳤다. 그런데 아뿔싸, 속치마 뒤편에 할망 주먹만 한 구멍이 뻥 뚫려 있었다.

"이게 어떻게……."

할망의 실망은 이만저만이 아니었다. 그 모습을 보는 사람들의 얼굴에도 안타까움이 가득했다.

"온 섬을 샅샅이 뒤져 명주를 모았어요. 그도 모자라 온 섬의 누에를 쳐 길쌈을 했지요. 헌데 명주가 아흔아홉 동밖에 나오지 않았어요."

"딱 한 동만 더 있으면 속치마를 완성할 수 있었을 텐데……."

사람들은 할망의 표정을 살피며 저마다 변명을 하느라 야단들이었다.

"됐다!"

할망은 속치마를 내려놓고 깊은 한숨을 쉬었다.

"내 처지에 속치마는 무슨……. 낡은 치마로 족하다."

그리고는 철벅철벅 바닷물을 가르며 어디론가 사라져 버렸다. 육지와 연결해 준다던 다리는 어떻게 됐을까? 할망이 사라졌으니 다리가 완성되지 못한 건 당연한 일! 이 때문에 제주도는 아직도 섬으로 남아 있는 것이라고 한다.

「설문대할망 이야기」

1 설문대할망은 이름이 많다고요?

설문대할망, 선문대할망, 마고할미, 마구할미의 공통점은 무엇일까요? 정답은 바로 모두 같은 사람을 부르는 이름이라는 거예요. 이야기가 입에서 입으로 전해 내려오다 보니 지역마다 다르게 부르긴 하지만, 모두 세상을 만든 거대한 할머니를 가리키고 있지요. 제주도에서는 주로 설문대할망이라고 불러요.

이름이 많은 만큼 이야기의 내용도 조금씩 달라요. 어떤 이야기에서는 할망이 온 세상을 만들었다 하고, 또 어떤 이야기에서는 할망이 아주 나쁘게 그려지기도 해요. 친구들이 읽은 것은 그 가운데 가장 널리 알려진 이야기랍니다.

2 처음에 대한 이야기, 창조 신화

설문대할망이 세상을 만든 거대한 할머니에 대한 이야기지요? 이런 이야기를 **창조 신화**라고 해요. 어떤 나라가 세워지기까지, 땅이나 산이 만들어지기까지, 풍습이 만들어지기까지 등의 이야기가 있지요.

20

예부터 사람들은 세상이 어떻게 생겨났는지 궁금해했어요. 그래서 어떤 신이 어떤 이유로 세상을 만들었는지에 대해 많은 생각을 했고, 그 생각이 이야기로 만들어졌답니다.

3 제주도에서 설문대할망 흔적 찾기

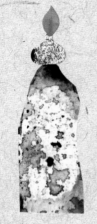

제주도 성산일출봉에는 '경돌바위'가 있어요. 설문대할망이 바느질을 하고 있는데, 등잔불이 낮아서 바느질을 할 수 없게 되자 받침대로 사용했던 돌이라고 해요.

이야기 속에서 설문대할망이 제주도와 육지를 이으려다 말았지요? 제주도의 조천리, 신촌리, 모슬포 앞바다에는 바다로 뻗어 있는 바위가 있는데, 이 바위가 바로 설문대할망이 만들다가 만 다리래요.

참, 제주도가 옛날에 가장 험한 귀양※ 장소였다는 사실 알고 있나요? 그 이유는 수도 한양(오늘날 서울)에서 가장 멀리 떨어진 섬인 데다, 배를 타고 가다 험한 파도에 목숨을 잃는 경우도 많아서래요. 주로 죄를 지은 벼슬아치※들을 제주도로 보냈다고 해요.

※ **귀양** 죄인을 먼 시골이나 섬으로 보내 살게 하던 벌
※ **벼슬아치** 관청에서 나랏일을 보던 사람

『옹고집전』
진짜야 물렀거라, 가짜 나가신다!

친구들은 욕심이 많은가요? 동생이나 형이 가진 걸 빼앗고 싶어 안달한 적은 없나요? 그런 친구가 있다면 오늘 이야기를 꼭 읽어야 할 거예요. 심술궂은 '옹고집'의 이야기를 말이에요. 옹고집이 어찌나 고집 세고 심술 맞았던지, 오늘날까지도 억지가 심하고 못된 사람을 옹고집이라 이른답니다.

심술궂은 옹고집

옛날 옹진골 옹당촌에 '옹고집'이라는 사람이 살았다. 옹고집은 세상이 다 알 만한 큰 부자였다. 하지만 거지가 밥이라도 달라고 할까 싶어 누가 대문 앞에 기웃거리기라도 하면 구정물을 끼얹으며 내쫓기 일쑤였다. 마을 사람들은 인색⁕한 옹고집의 모습에 혀를 끌끌 찼다.

"에그그, 재산이 많으면 무얼 하나? 욕심이 끝도 없으니."

"그러게 말일세. 같이 사는 식구들은 얼마나 힘들겠나?"

⁕ **인색** 재물을 아끼는 태도가 몹시 지나침

아닌 게 아니라 옹고집은 가족들에게도 인색하기 짝이 없어 팔순*이 된 어머니가 병들어 누운 지 오래임에도, 약 한 첩 제대로 지어 올리는 법이 없었다. 옹고집의 어머니는 몸이 아프니 마음까지 약해진지라 하루는 옹고집을 불러 앉혀 말했다.

"너를 낳아 기를 때 내 한 몸 돌보는 것은 생각지도 않았다. 오직 너 하나만을 위해 그토록 정성을 들였거늘, 너는 어찌 늙은 어미가 병들어 누워 있는데도 모른 척만 하느냐?"

어머니의 꾸지람이 못마땅했던 옹고집은 싸늘하게 대꾸했다.

"늙으면 병들고 죽는 게 당연합니다. 남들은 칠십만 살아도 저승 갈 날을 꼽고 있다는데, 어머니는 어찌 팔순이 되어도 목숨에 미련이 있습니까? 죽을 날이 가까우면 욕심이 없어진다던데 어머니는 아직도 쓸데없는 욕심을 부리시는 걸 보니 사실 날이 많은 게 틀림없습니다."

옹고집의 어머니는 아들의 말에 한숨만 쉴 뿐이었다.

한편 옹고집의 집에는 시주*를 구하러 오는 스님들이 많았다. 그러나 옹고집은 스님들을 향해 눈을 부라리며 몽둥이찜*을 하

❀ **팔순** 여든 살
❀ **시주** 자비로운 마음으로 대가 없이 스님에게 물건을 베푸는 일
❀ **몽둥이찜** 찜질을 하듯 온몸을 몽둥이로 마구 때리는 일

여 내쫓기 바빴다. 이러한 소문이 퍼지자 월출봉 취암사에 사는 용한 도사 하나가 '학 대사'를 불러 일렀다.

"내가 듣자 하니 옹당촌에 사는 옹고집이라는 놈이 중만 보면 원수같이 군다던데, 네가 가서 그놈을 좀 혼내 주고 오거라."

도사의 명령을 받은 학 대사는 그 길로 초라하게 꾸미고 옹당촌으로 향했다.

옹고집의 집에 이르니 마침 대문이 활짝 열려 있었다. 학 대사는 목탁*을 두드리며 불경을 외기 시작했다.

"나무아미타불 관세음보살……."

안마당에서 비질을 하고 있던 늙은 하녀가 이 모습을 보고 깜짝 놀라 부리나케 뛰어나왔다.

"아이고 스님, 우리 집 주인님 소문 못 들으셨습니까? 지금 마침 주무시니 깨시기 전에 얼른 돌아가십시오."

학 대사는 짐짓 모른 체하고 계속해서 목탁을 두드렸다. 그러자 잠시 뒤 방문이 벌컥 열리며 천둥 같은 옹고집의 목소리가 들려왔다.

"누가 남의 집 대문 앞에서 이렇게 소란을 떠느냐?"

✤ **목탁** 불경을 욀 때나 사람들을 모이게 할 때 두드려 소리를 내는 기구

26

늙은 하녀가 벌벌 떨며 말했다.

"문밖에 어떤 스님이 와서 시주를 부탁하고 계십니다."

"뭐라고? 여기가 어딘 줄 알고 감히!"

옹고집은 학 대사 앞으로 달려 나와 고개를 빳빳이 쳐들고 빈정거렸다. 학 대사는 목탁 치는 것을 멈추고 옹고집에게 공손한 말씨로 전했다.

"저는 취암사에서 온 학 대사라 하옵니다. 황금으로 1,000냥만 시주하시면 제가 나리를 위해서 특별히 더 정성을 들여 빌어 드리겠습니다. 그러면 나리의 소원이 이루어질 것입니다."

옹고집은 얼굴에 비웃음을 가득 담고 쏘아붙였다.

"허허, 천하에 사기꾼 같은 놈 좀 보게나. 사람의 운명은 타고 나는※ 것이거늘 어찌 너 따위의 기도로 내 소원이 이루어진단 말이냐? 네가 그렇게 용한 중놈이거든 내 관상※부터 살피거라."

학 대사는 옹고집의 얼굴을 가만히 들여다보더니 이야기했다.

"나리의 관상을 보아하니 이름은 널리 떨칠 듯하오만, 자손이 부족하고 고집이 센 데다 이담에 중한 병을 앓고 갑자기 죽을 운명 같소이다."

※ **타고나다** 어떤 성품이나 능력·운명 등을 가지고 태어나다
※ **관상** 사람의 얼굴을 보고 그의 운명, 성격, 수명 따위를 판단하는 일

학 대사의 말에 옹고집은 불같이 화를 내며 소리쳤다.

"이런 고얀 놈을 봤나? 여봐라! 이놈을 흠씬 두들겨 패서 내쫓아라!"

하인들은 옹고집의 서슬 퍼런 명령에 학 대사를 실컷 두들겨 패서 마을 밖으로 내쫓아 버렸다.

옹고집 대 옹고집

다시 취암사로 돌아온 학 대사의 얘기를 듣고 다른 스님들은 모두 노발대발했다.※

"그런 버릇없는 놈은 당장에 혼내 줘야 합니다!"

"그렇습니다. 호랑이 밥이나 되게 숲 속에 내다 버리든지, 어떻게든 절대로 가만두어선 안 됩니다!"

스님들의 얘기를 듣던 학 대사는 가만히 눈을 감고 생각에 잠겼다가, 어디선가 짚을 가져와 허수아비를 하나 만들었다. 그러고 나서 허수아비의 품 안에 부적을 써 붙이니, 영락없는 옹고집의 모습이 되었다.

"됐다. 이 허수아비면 충분하다."

※ **노발대발하다** 몹시 화가 나 펄펄 뛰며 성을 내다

학 대사의 말이 떨어지기가 무섭게 옹고집으로 변신한 허수아비는 옹당촌으로 향했다. 그리고 옹고집의 집에 이르렀다.

"여봐라! 마당이 왜 이리 지저분하냐? 어서 비질 좀 싹싹 하여라!"

하인들은 가짜 옹고집일 거라는 생각은 꿈에도 하지 못한 채 그 말대로 했다. 소란스러운 소리에 진짜 옹고집은 방문을 열어젖혔다.

"밖이 왜 이리 시끄러우냐?"

그러자 마당에서 뒷짐을 지고 섰던 가짜 옹고집이 진짜 옹고집을 향해 말했다.

"너는 누군데 내 방에 앉아 주인인 체하고 있느냐?"

하인들은 이 모습을 보고 뒤로 자빠질 지경이었다. 마당에 서 있는 사람도, 방 안에 앉아 있는 사람도 모두 틀림없는 옹고집이었기 때문이다. 하인 하나가 급히 옹고집의 부인을 찾아가 이 사실을 알렸다.

"마님, 큰일 났습니다. 똑같이 생긴 주인님이 지금 집 안에 둘이나 됩니다."

하인의 말을 들은 옹고집의 부인이 화들짝 놀라 걱정스런 얼굴로 말했다.

"뭐, 뭐라고? 아이코, 이를 어찌한단 말이냐. 평소에 그렇게 못되게 살더니, 천벌을 받은 것이 틀림없구나."

그러다가 갑자기 생각난 듯 무릎을 탁 치며 말했다.

"만약 진짜 나리라면 겉옷 안자락에 주먹만 한 불똥 자국이 있을 것이다. 지금 당장 가서 겉옷 안자락을 뒤집어 보도록 하자."

하인이 옳다구나 하고 달려가 두 옹고집의 겉옷 자락을 뒤집어 보니, 두 사람 모두 겉옷에 불똥 자국이 있는 것이 아닌가! 넋을 잃고 있는 옹고집의 부인에게 이번에는 며느리가 다가가 말했다.

"어머님, 제가 한번 진짜 아버님을 맞혀 보겠습니다. 저희 아버님은 머리 가운데에 흰머리 하나가 나 있습니다. 지금 당장 들춰 보면 진짜 아버님을 가릴 수 있을 것입니다."

가짜 옹고집이 며느리의 말을 듣고는 도술을 부려 진짜 옹고집의 머리에 나 있는 흰머리를 쑥 뽑아 자기 머리에 척 갖다 붙였다. 그러나 이런 사실을 알 턱이 없는 며느리는 흰머리가 나 있는 가짜 옹고집에게 큰절을 올렸다.

"아버님, 한눈에 몰라뵌 죄 용서하여 주옵소서."

"쉬 빠질 수 있는 머리카락으로 어찌 진짜를 찾아낸다는 거냐?"

진짜 옹고집은 답답해 미칠 지경이었으나 어쩔 도리가 없어

발만 동동 구르고 있었다. 그 모습을 본 옹고집의 아들 또한 진
짜 아버지를 알아보지 못하고 머리만 긁적이고 있었다. 진짜 옹
고집은 아들의 미련한 모습에 화가 치밀어 냅다 다그쳤다.

"이놈아, 이날 이제껏 널 키워 준 아비 얼굴도 모른단 말이냐?
그리고 당신! 한 이불 덮고 자는 부인이 나를 몰라본단 말이오?"

그러나 옹고집의 부인도 두 사람의 모습에 고개를 갸웃거리기
는 마찬가지였다.

"눈을 씻고 보고 또 봐도 두 분이 똑같으니 어찌한단 말입니
까? 난데없이 두 서방님을 모시게 됐으니 무슨 팔자가 이렇단
말이오?"

　결국 두 옹고집은 관아※로 찾아가 사또께 판결을 내려 달라기에 이르렀다. 사또는 두 옹고집의 모습을 앞뒤로 찬찬히 뜯어보았으나 도무지 누가 진짜고 가짠지 가려낼 재주가 없었다.

　"겉으로는 누가 진짠지 알 수 없으니, 각각 자기 조상에 대해 말해 보도록 하라."

　진짜 옹고집이 먼저 나서며 말했다.

　"제 아버님은 옹가이옵고, 제 할아버님 또한 옹가이옵니다."

　이번에는 가짜 옹고집이 말했다.

※ **관아** 관리들이 나랏일을 보던 곳

"제 아버님인 옹 좌수※께서는 가난한 백성들을 많이 도와주셨습니다. 할아버님 또한 많은 재물을 모을 만큼 부지런하셨으나, 가난한 이들에게 베푸는 데는 아낌이 없으셨습니다. 제 부인은 진주 최씨이옵고, 아들놈은 골이라 하옵니다. 저의 재산은……."

가짜 옹고집은 숟가락 하나, 신발 한 켤레까지 줄줄 읊어 댔다. 사또는 고개를 끄덕이며 가짜 옹고집을 향해 말했다.

"이 사람이 진짜 옹고집이다."

그러고는 진짜 옹고집을 보고 엄한 얼굴로 말했다.

"감히 가짜 행세로 모두를 혼란스럽게 하다니! 당장 매로 다스려라!"

포졸들이 우르르 달려들어 진짜 옹고집에게 매 30대를 치고는 내쫓아 버리니, 진짜 옹고집은 하루아침에 집도 가족도 없는 거지가 되고 말았다.

돌아온 진짜 옹고집

가짜 옹고집은 그길로 진짜 옹고집의 집에 들어가 진짜 행세를 하며 행복한 나날을 보냈다. 그러던 어느 날 부인이 꿈을 꾸

※ **좌수** 조선 시대의 벼슬 가운데 하나

었는데 하늘에서 허수아비가 무수히 떨어지는 꿈이었다.

"오호, 아기를 낳을 태몽 같구려. 이제부터 몸조심하십시오."

과연 열 달이 지나자 부인이 아기를 낳았는데, 태어나는 아기가 하나둘도 아니고 무수히 많았다. 늘그막에 자식 복이 있나 보다 하여 부인은 힘든 줄도 모르고 정성껏 아이들을 키웠다.

한편 지난날의 삶을 후회하며 세상을 떠돌던 진짜 옹고집은 흘러 흘러 월출봉 취암사가 있는 산속에 이르렀다.

"애고, 애고, 내 팔자야. 이름도 잃고, 가족도 잃고, 집도 재물도 다 잃었으니 살아서 무엇 하리."

옹고집은 절벽 위에 신발을 벗고 올라서서 눈을 질끈 감았다. 그러고는 공중을 향해 몸을 날리려는 순간, 어디선가 신비한 목소리가 들려왔다.

"하늘이 주신 벌이거늘 누구를 탓하느냐?"

옹고집이 눈을 뜨니 머리가 새하얀 도사가 벼랑 위에서 옹고집을 내려다보고 있었다. 옹고집은 도사를 향해 두 손을 모으고 말했다.

"이 몸의 죄를 돌이켜 보면 지금 당장 죽어도 마땅하오나, 바라건대 보고 싶은 가족들 얼굴이나 한번 보고 죽게 하옵소서."

옹고집은 눈물을 뚝뚝 흘리며 빌고 또 빌었다.

36

"너 같은 몹쓸 놈은 죽어도 아깝지 않으나, 가짜를 진짜 삼아 살아야 하는 네 가족이 불쌍해서 살려 주도록 하겠다."

그러고는 품 안에서 부적 하나를 꺼내 던져 주며 말했다.

"이 부적을 간직하고 집에 돌아가면 신기한 일이 일어날 것이다."

옹고집은 도사가 던져 준 부적을 고이 간직하고 나는 듯 옹당 촌으로 내달렸다. 그리고 대문을 활짝 열며 들어서자 하인들이 모두 깜짝 놀라 옹고집을 내쫓으려 했다.

"여기가 어디라고 또다시 왔냐? 썩 물러가거라!"

"또 주인님 행세를 하려 하다니! 이번에는 네놈을 가만두지 않겠다."

그 순간이었다. 진짜 옹고집이 품 안에서 부적을 꺼내 들자 방 안에 있던 가짜 옹고집은 순식간에 허수아비로 변하고 말았 다. 그뿐만이 아니라 그동안 낳았던 무수히 많은 자식들도 모 두 작은 허수아비로 변하는 것이 아닌가!

"이럴 수가! 이럴 수가!"

옹고집은 도사의 도술에 감탄할 수밖에 없었다. 그 뒤 옹고집 은 지극 정성으로 어머니를 모시며, 스님들에게도 마음을 다해 시주했다. 또한 어진 마음으로 모든 사람을 대하니, 그를 칭찬 하지 않는 사람이 없었다고 한다.

『옹고집전』

1 오늘날 가짜 옹고집이 나타난다면?

가짜 옹고집 때문에 진짜 옹고집이 큰코다치고 고생하는 모습, 정말 통쾌하죠? 그런데 말이에요, 오늘날 이와 같은 일이 일어난다면 어떻게 될까요? 지금은 진짜와 가짜 두 명의 옹고집이 나타난다고 해도, 누가 진짜인지 고민할 필요가 없어요. 진짜와 가짜를 밝혀내는 과학 기술이 있기 때문이에요. 그 것은 바로 '유전자 감식'이지요.

유전자 감식으로 부모와 자식·형제를 찾고, 범죄자가 남긴 흔적을 바탕으로 범인을 밝힐 수 있어요.

유전자 감식은 우리 몸의 DNA※를 이용해요. 머리카락이나 침·피부 조직 등에서 찾아낸 DNA와 어떤 사람의 DNA가 같은지 비교하지요. 『옹고집전』을 예로 들어 설명해 볼게요.

※ DNA 생물의 모든 정보가 들어 있는 유전 물질로, 부모로부터 전해짐

<유전자 감식으로 진짜 옹고집 찾기>

① 옹고집이 사용하던 이불과 베개에서 머리카락을 찾아요.

② 두 명의 옹고집의 머리카락을 몇 가닥 뽑아요.

③ 이 세 종류의 머리카락에서 DNA를 찾아 분석해요.

④ 세 종류의 머리카락 중 두 개는 같은 DNA라는 게 밝혀질 거예요.
이불이나 베개에서 찾은 머리카락과 DNA가 같게 나온 사람이 바로
진짜 옹고집!

2 옹고집과 놀부, 설마 쌍둥이?!

그러고 보니 옹고집과 닮은 사람이 또 있어요. 『흥부전』에서 동생 흥부에게 못된 짓을 하는 형 놀부 말이에요. 아마도 옛날에 못된 짓을 하는 부자들이 많았었나 봐요. 부자가 벌을 받는 이야기를 통해 백성들이 통쾌한 기분을 느꼈으면 하는 마음에서 이런 이야기가 만들어진 것일 테니 말이에요.

『옹고집전』은 못된 부자가 중에게 쇠똥을 주었다가 벌을 받았다는 「장자못 설화」를 바탕으로 쓰였어요. 내용은 조금씩 다르지만 교훈은 똑같아요. 못된 마음과 행동을 하면 벌을 받는 것 말이에요.

『전우치전』
도술로 세상을
쥐락펴락!

만약 친구들이 도술을 부릴 수 있게 된다면 어떨까요? 투명 인간으로 변하기,
그림 속의 떡 진짜로 만들기, 먼 길 한달음에 달려가기……. 요리조리 다니며 도술
솜씨를 뽐낼 거라고요? 조선 시대에 도술을 쓸 수 있는 사람이 진짜 있었대요.
함께 만나 볼까요?

황금 기둥 소동

조선 초기, 송도(오늘날 개성)의 숭인문 안에 '전우치'라는 선비가 살고 있었다. 그는 일찍이 도술을 배워 자신의 몸을 감출 수 있는 신기한 재주를 가지고 있었다.

전우치가 살던 시대는 남쪽 바닷가 마을에 해적의 침략이 끊이지 않던 때였다. 엎친 데 덮친 격으로 흉년까지 계속되어, 백성들의 고생이 이만저만이 아니었다. 하지만 벼슬아치들은 저마다 제 배 불릴 욕심에만 눈이 어두워 백성의 어려움은 아랑곳하지 않았다. 전우치는 이러한 세상을 원망하다 굳게 결심했다.

"사내대장부로 태어났으면, 나라를 위해 모든 것을 바칠 수 있어야 하는 법!"

　전우치는 신선으로 변신하였다. 머리에는 쌍봉금관*을 쓰고
몸에는 붉은 도포를 걸치고, 허리에는 백옥 띠를 두른 모습이었
다. 전우치는 동자*들을 데리고, 구름을 탄 채 대궐에 이르렀
다. 마침 신하들과 잔치를 벌이고 있던 임금은 전우치의 모습을
보고 깜짝 놀라 우왕좌왕 어쩔 줄을 몰랐다. 전우치는 주변이
쩌렁쩌렁 울리도록 소리쳤다.

＊ **쌍봉금관** 두 마리의 봉황을 새겨 넣은 금관
＊ **동자** 남자아이

"왕은 옥황상제의 명령을 받으라. 옥황상제께서 죽은 영혼을 위로하고자 궁을 짓기로 하셨노라. 이에 각 나라는 황금 기둥을 하나씩 바치라고 하셨다. 기둥의 길이는 5척⁎이고 너비는 7척이니, 그리 알고 준비하라."

⁎ **척** 길이의 단위로, 1척은 약 30.3센티미터

전우치가 하늘로 사라지자, 임금은 나라 안의 금을 모아들이라고 명령했다. 그날부터 금이란 금은 모두 대궐로 거둬들여, 궁궐 밖에는 금붙이의 그림자조차 사라지게 되었다.

마침내 약속한 날이 되었다. 전우치는 구름을 타고 나타나 황금 기둥을 가지고는 하늘로 올라가 모습을 감추었다. 그리고 얼마 뒤 기둥 절반을 팔아, 남쪽 바닷가 마을에 쌀을 나누어 주었다.

"하늘에서 우리를 불쌍히 여겨 귀인을 보내 주셨나 보구나!"

백성들은 감격에 겨워했다. 이 모습을 본 전우치가 방※을 써 붙였다.

> 이번 일로 나에게 고마워하지 말라. 나랏일을 하는 자들이 백성의 배고픔을 알지 못해 내가 중간에 심부름을 한 것일 뿐이니라. 잠시 남에게 맡겼던 것이 돌아온 것이니 그리 알라.
>
> -전우치-

※ **방** 어떤 일을 널리 알리기 위해, 사람들이 많이 모이는 곳에 써 붙이는 글

전우치를 잡아들여라

전우치가 써 붙인 방에 대한 소문은 궁궐까지 들어갔다. 임금은 크게 화를 내며 전우치를 잡아들이라는 명령을 내렸다. 그러자 전우치는 분통을 터뜨렸다.

"힘없는 백성을 도와주었다고 잡아들이라니! 오냐, 내가 저들의 힘이 별것 아님을 온 세상에 알려야겠구나!"

전우치는 황금 기둥의 한 귀퉁이를 떼어다가 한양 거리 한가운데 내놓고 장사판을 벌였다. 나라 안의 금덩이란 금덩이는 씨가 말랐던※ 터라, 사람들은 황금을 보고 이상히 여겼다. 마침 지나가던 토포관※이 이를 보고 물었다.

"이 금은 어디서 났으며 값은 얼마나 하오?"

"어디서 났는지는 알 것 없고, 값은 오백 냥쯤 받을까 하오."

"당장 그만한 돈이 어디 있소. 당신 집이 어디요? 내일 반드시 돈을 들고 찾아가리다."

"내 집은 남섬부주요. 이름은 전우치라 하오."

토포관이 포도청※으로 들어가 이 같은 사실을 말하자, 포도

※ **씨가 마르다** 어떤 종류의 것이 모조리 없어지다
※ **토포관** 도둑 잡는 일을 하던 벼슬
※ **포도청** 조선 시대에 범죄자를 잡거나 다스리는 일을 맡아보던 관청

대장이 깜짝 놀라 명령했다.

"지금 온 나라에 금이라고는 찾아볼 수 없는데 이상한 일이로다. 그자를 붙잡아 자초지종※을 알아봐야겠다. 당장 잡아들여라."

포졸들은 전우치의 집으로 달려갔다. 그러나 전우치는 눈 하나 깜짝하지 않고 말했다.

"나는 죄가 없소. 나를 잡아가고 싶으면 임금의 명령을 받아 오시오."

임금은 화가 치솟아 당장 잡아들이라고 명령했다. 병사들이 달려가 전우치를 꽁꽁 묶었지만, 그들이 묶은 것은 한낱 잣나무였다. 그러자 전우치가 말했다.

"나를 잡아가려거든 이 병에 넣어 가거라."

전우치는 병 속으로 쏙 들어갔다. 병사들이 병 입구를 막아 궁궐로 옮기자, 임금은 병째로 가마 속에 넣어 펄펄 끓이라고 명령했다. 전우치가 다시 말했다.

"제가 집이 가난하여 땔나무 하나 없기에, 겨울에는 추워서 견딜 수 없었나이다. 그런데 이렇게 언 몸을 녹여 주시니 감사할

※ **자초지종** 처음부터 끝까지의 과정

46

47

따름이옵니다."

임금은 화가 치밀어 병을 집어 던졌다. 그러자 산산조각 난 병 조각들이 모두 전우치로 변해, 자신이 진짜라고 목소리를 높이는 것이 아닌가! 이 광경을 지켜본 신하들이 말했다.

"전우치란 놈은 윽박질러서 잡을 수 없겠사옵니다. 그보다는 '자수하면 죄를 용서하고 벼슬을 주겠노라.'라고 방을 붙이는 게 어떻겠습니까? 진짜 전우치가 나타나면, 그때 잡아 죽이면 되지 않겠습니까."

결국 임금은 신하들의 말대로 방을 써 붙였다.

억울한 사람을 위해

궁궐을 빠져나온 전우치는 구름을 타고 돌아다니며 백성들을 살피고 있었다. 그러던 어느 날, 머리가 하얗게 센 노인 하나가 슬피 우는 모습을 보게 되었다. 전우치가 다가가 그 이유를 묻자 노인이 대답했다.

"내게 아들이 하나 있는데, 사람을 죽였다는 누명을 써서 억울하게 죽게 생겼다오."

전우치가 듣고 보니, 사연은 이러했다. 노인의 아들에게 왕 씨 친구가 있었는데, 왕 씨가 조 씨와 싸우게 되었다. 우연히 그 자리에 있었던 노인의 아들이 둘을 말렸지만, 이 싸움으로 왕 씨가 조 씨에게 맞아 죽고 말았다. 그런데 어찌 된 셈인지 형조 판서※ 양문덕과 아는 사이인 조 씨는 금세 풀려나오고, 싸움을 말리던 아들이 사람을 죽인 죄로 잡혀갔다는 것이었다. 전우치는 노인과 헤어진 뒤 바람으로 변해 양문덕의 집으로 찾아갔다. 그리고 죽은 왕 씨로 변신하여 양문덕 앞에 나타나서는 입을 열었다.

"나는 이번에 조 씨에게 맞아 죽은 왕 씨이다. 억울하게 죽은 것도 서러운데, 조 씨를 그냥 둘 셈이냐! 당장 조 씨를 가두고 죄 없는 젊은이는 풀어 주도록 하여라."

양문덕이 놀라 조 씨를 불러들여 자초지종을 묻자, 조 씨는 끝까지 시치미를 뗐다. 그러자 어디선가 벼락같은 고함 소리가 울렸다.

"이 몹쓸 조 씨야! 어찌 거짓말을 입에 올리느냐? 내 너를 죽여 원수를 갚지 못하면, 너와 양문덕을 잡아다 염라대왕※ 앞에서 잘잘못을 따지리라!"

결국 조 씨는 자신의 죄를 인정했고, 노인의 아들은 풀려났다.

※ **형조 판서** 조선 시대에 법률·형벌·감옥 따위를 돌보던 으뜸 벼슬
※ **염라대왕** 저승에서 지옥에 떨어진 사람의 잘못을 심판하는 왕

돈이 나오는 족자※

　하루는 전우치가 구름을 타고 경치 구경을 다니는데 어디선가 구슬픈 울음소리가 들려왔다. 울음소리의 주인공은 한자경이라는 선비였다. 그는 너무 가난해서 아버지의 장례조차 지내지 못하고 있었다. 전우치는 딱한 사정을 듣고 소매에서 족자를 하나 꺼내 주며 말했다.

　"이 족자를 집에 걸고 '고직※아!' 하고 부르시오. 그런 다음 '돈 백 냥만 내라.' 하면 돈이 나올 것이오. 그것으로 장례를 치르시구려. 그다음부터는 날마다 한 냥씩만 달라고 하여 어머니를 돌보시오. 만일 더 달라고 하면 큰 화를 입을 것이니 명심하시오."

　자경이 집으로 돌아와 족자를 펴 보니, 큰 집과 열쇠를 가진 동자 하나가 그려져 있었다. 자경은 "고직아!" 하고 불러 보았다. 그러자 동자가 공손히 절을 하며 그림 밖으로 나오는 것이 아닌가! 자경은 들은 대로 돈 백 냥을 청했다. 동자는 말이 끝나기가 무섭게 백 냥을 내놓았다. 자경은 그 돈으로 아버지의 장례를 무사히 치렀다. 그리고 매일 한 냥씩을 달라 하여 어머니를 모시고 살았다.

※ **족자** 벽에 걸 수 있는 그림
※ **고직** 창고를 보살피고 지키던 사람

그러던 어느 날, 자경의 마음속에 욕심이 생겼다.

'어차피 나올 돈 아닌가. 조금 앞당겨 받는다고 무슨 큰일이 있을까…….'

자경은 돈 백 냥을 청했다. 동자는 처음에는 못 들은 체했지만, 자경이 사정사정하자 자경을 데리고 족자 속 큰 집으로 들어갔다. 자경은 집 안에서 돈 백 냥을 집어 들었다. 그런 다음 나오려 하는데, 어느새 문이 잠겨 있었다. 당황한 자경은 문을 쾅쾅 두드렸다. 그런데 대문이 벌컥 열리고, 그 앞에 호조 판서※가 서 있는 것 아닌가!

"어떤 놈이기에 감히 임금님의 창고에 들어와 도둑질을 하려는 게냐?"

한자경이 벌벌 떨며 그사이의 일을 말하자, 호조 판서가 크게 놀라며 말했다.

"전우치의 짓이로다!"

창고를 살펴보니 은이 있어야 할 곳에는 개구리가, 돈이 있어야 할 곳에는 뱀이, 쌀이 있어야 할 곳에는 벌레가 우글거리고 있었다. 크게 화난 호조 판서가 자경을 죽이려는 순간, 눈 깜짝할

※ **호조 판서** 조선 시대에 세금·재물 등의 경제 일을 돌보던 으뜸 벼슬

사이에 자경이 사라지고 말았다. 전우치가 도술로 자경을 구한 것이었다.

"내 뭐라고 하였는고? 욕심을 부리면 큰 화를 당할 것이라 하였 거늘! 그대가 약속을 지키지 않았으니 누구를 원망하겠는가?"

결국 자경은 빈손으로 돌아갔다.

자수[※]하고 얻은 벼슬

세상 구경을 하던 전우치는 자신을 찾는 방을 보고 제 발로 궁궐을 찾아갔다. 전우치는 뒤늦게 선전관 겸 사복 내승[※]이라는 벼슬에 올라, 못된 벼슬아치들을 잡아들이고 도적 떼를 소탕[※]하는 등 큰 공을 세웠다.

임금은 전우치를 크게 칭찬하고 상을 내렸지만, 신하들은 전우치가 왕 자리를 빼앗으려 한다고 모함했다. 죽음에 이르게 된 전우치는 도술을 부려 가까스로 위기를 피하고 궁궐을 떠났다.

전우치는 자신을 모함하여 죽음으로 내몬 이조 판서[※] 왕연희의 모습으로 변신하여 그의 집으로 숨어들었다. 그는 왕연

※ **자수** 죄를 지은 사람이 스스로 신고하고 벌을 받음
※ **선전관 겸 사복 내승** 임금을 곁에서 지키는 일을 맡아보던 낮은 벼슬
※ **소탕** 휩쓸어 죄다 없애 버림
※ **이조 판서** 조선 시대에 벼슬아치들의 임명 및 평가를 맡았던 으뜸 벼슬

희를 꼬리 아홉 가진 여우로 둔갑시켰다. 놀란 하인들이 여우를
단단히 묶어 전우치 앞에 대령하자, 전우치가 말했다.

"내 죽고 사는 것은 오직 하늘에 달렸느니라. 나를 죽이고자
한 것은 괘씸하지만, 내 평생 생명을 해치는 짓은 하지 않기로
하였으니 이번만 용서하노라. 만일 또다시 이런 일이 있거든 그
때는 용서치 않으리라."

전우치는 그 길로 고향으로 돌아와 한가로운 날을 보냈다.

강림 도령※과 서화담에게 무릎을 꿇다

전우치의 옛 친구 중에 양봉환이란 선비가 있었다. 하루는 전우치가 그를 찾아가니 봉환이 병들어 누워 있었다. 젊어서 남편을 잃은 정씨 부인을 사랑하여 생긴 상사병 때문이었다. 사정을 딱하게 생각한 전우치는 도술로 정씨 부인을 데려오려 했다. 그때 마침 전우치와 마주친 강림 도령은 엄한 목소리로 전우치를 꾸짖었다.

"네가 도술로 나라를 어지럽히고도 목숨이 붙어 있는 건, 어려운 백성을 돌보려는 착한 마음이 있었기 때문이다. 허나 오늘 보니, 친구의 욕심을 채워 주려고 약한 여인을 괴롭히는구나. 하늘이 무섭지도 않더냐!"

강림 도령의 호통에 전우치는 크게 뉘우치고 잘못을 빌었다. 그 뒤 전우치는 도술이 뛰어난 서화담 선생을 따라 태백산에 들어가 평생 도를 닦으며 살았다고 한다.

※ **강림 도령** 저승사자의 우두머리
72쪽에 「강림 도령 이야기」가 실려 있다.

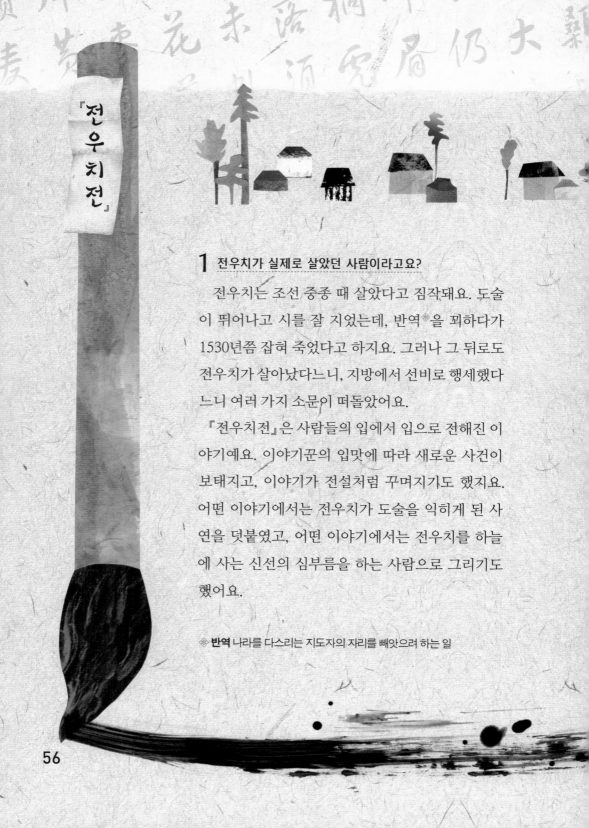

『전우치전』

1 전우치가 실제로 살았던 사람이라고요?

전우치는 조선 중종 때 살았다고 짐작돼요. 도술이 뛰어나고 시를 잘 지었는데, 반역※을 꾀하다가 1530년쯤 잡혀 죽었다고 하지요. 그러나 그 뒤로도 전우치가 살아났다느니, 지방에서 선비로 행세했다느니 여러 가지 소문이 떠돌았어요.

『전우치전』은 사람들의 입에서 입으로 전해진 이야기예요. 이야기꾼의 입맛에 따라 새로운 사건이 보태지고, 이야기가 전설처럼 꾸며지기도 했지요. 어떤 이야기에서는 전우치가 도술을 익히게 된 사연을 덧붙였고, 어떤 이야기에서는 전우치를 하늘에 사는 신선의 심부름을 하는 사람으로 그리기도 했어요.

※ **반역** 나라를 다스리는 지도자의 자리를 빼앗으려 하는 일

2 전우치가 따라간 서화담은 누구?

서화담은 조선 시대 학자 서경덕이에요. 서경덕이 어떻게 서화담이냐고요? 화담은 서경덕의 호예요. 호는 이름 대신 편히 사용하던 별명이라고 생각하면 쉬워요. 주로 학자들이 호를 만들어 사용했죠.

그는 낮은 벼슬을 가진 집안에서 태어나 스스로 공부해 학문을 익혔어요. 어려서부터 호기심이 많았는데, 들에 나물을 캐러 갔다가 종달새가 하늘로 날아오르는 원리를 생각하느라 밤늦도록 집에 돌아오지 않은 적도 있대요.

중종 임금은 학문은 물론 성품까지 뛰어난 서화담을 관리로 삼으려 여러 차례 불렀어요. 하지만 그는 결국 벼슬길에 나서지 않았지요. 그 대신 신분과 가난함을 가리지 않고 뜻이 맞는 사람을 모두 제자로 받아들여 가르쳤어요. 그런 제자 가운데 유명한 기생※인 황진이가 있답니다.

『전우치전』에서 전우치가 서화담을 따라 산에 들어갔지요? 그 이유는 재물과 권력에 욕심을 부리는 벼슬아치들과 달리, 학문과 덕을 쌓는 데만 집중했던 서화담의 진심이 전우치에게 전해졌기 때문이 아닐까요?

※ **기생** 잔치에서 노래나 춤으로 흥을 돋우는 것을 직업으로 하는 여자

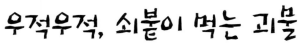

「불가사리 이야기」

우적우적, 쇠붙이 먹는 괴물

불가사리를 아나요? 난데없이 바닷속에 사는 별 모양 동물 이야기는 왜 꺼내느냐고요? 그 불가사리를 말하는 게 아니에요. 쇠붙이를 먹고 쑥쑥 자랐다는 괴물, 불가사리를 말하는 거랍니다.

58

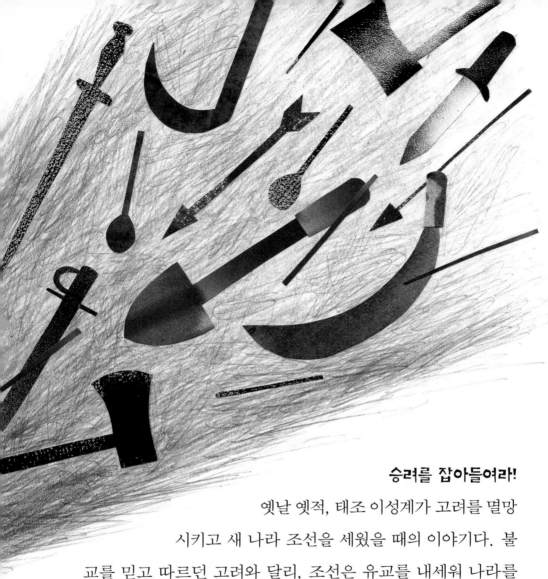

승려를 잡아들여라!

옛날 옛적, 태조 이성계가 고려를 멸망
시키고 새 나라 조선을 세웠을 때의 이야기다. 불
교를 믿고 따르던 고려와 달리, 조선은 유교를 내세워 나라를
다스렸다. 이성계는 자신이 세운 나라가 고려와는 다른 나라
라는 생각을 심기 위해 불교를 억눌렀다.

"조선은 유교를 기본으로 하는 나라다. 그러니 불교를 받드
는 자들은 이 나라에 필요 없다. 전국의 승려란 승려는 모두 잡

아들이도록 하라!"

전국 방방곡곡에 승려를 잡아들이라는 방이 붙었다. 얼마 전까지만 해도 존경받던 승려들이 하루아침에 쫓기는 신세가 되었다. 승려들은 절을 떠나 깊은 산속으로 몸을 피하는가 하면 친척들 집에 숨기도 했다.

친척의 집에 숨다

얼마 지나지 않아 나라 안의 승려들은 모조리 그 모습을 감추었다. 그 와중에 친척의 집으로 도망쳐, 다락방에 숨은 승려가 하나 있었다. 이 승려는 다락방에서 한 발짝도 나가지 못하고 갇히고 말았다. 날이 밝았는지 밤이 깊었는지 알 도리 없는 캄캄한 다락방 생활이 계속됐다. 승려는 그저 친척의 아내가 가져다주는 세끼 식사만으로 시간을 가늠할 뿐이었다.

"언제까지 이렇게 지내야 하는지 면목이 없습니다."

"아닙니다. 부처님의 보살핌이 있으면 언젠가 좋은 날이 오겠지요. 미안해 마시고 맘 편히 지내십시오."

승려는 친척 가족의 따뜻한 마음 씀씀이 덕분에, 답답하긴 해도 안전하게 지낼 수 있었다. 하지만 하루 이틀 날이 가면 갈수록 답답함이 커졌다.

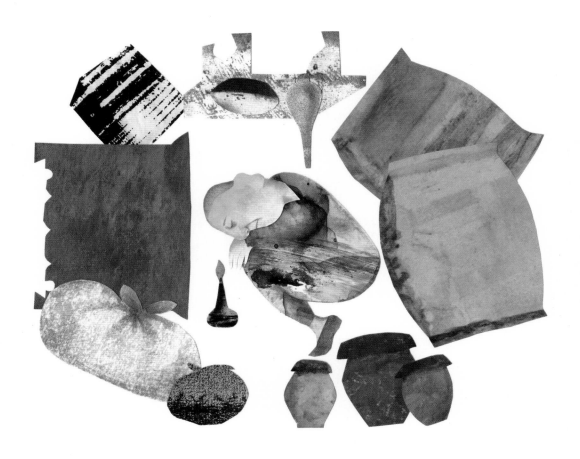

'이렇게 답답하게 지내느니 차라리 나가서 잡히는 게 낫겠구나.'

생각다 못한 승려는 컴컴한 다락방에서 소일거리※ 삼을 것을 찾아보기로 했다. 하지만 워낙 어두운 데다 잡동사니가 가득해 할 수 있는 일이 아무것도 없었다.

※ **소일거리** 그럭저럭 세월을 보내기 위하여 심심풀이로 하는 일

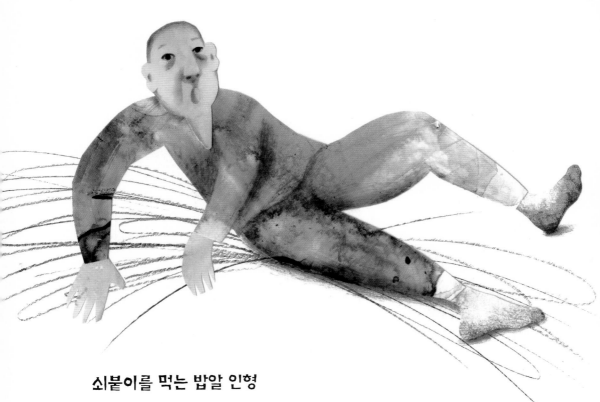

쇠붙이를 먹는 밥알 인형

하루는 심심한 마음에 밥알을 뭉쳐 조그만 인형을 만들었다.

"허허, 그 녀석 참 묘하게 생겼다."

승려는 자기가 만든 밥알 인형의 생김새가 예사롭지 않아 다락방 한구석에 놓아두었다. 그날 밤, 어디선가 이상한 소리가 들려왔다.

"챙챙, 꿀꺽!"

아니, 밥알 인형이 꾸물꾸물 기어가 바늘 쌈지※를 흔들더니,

※ **쌈지** 가죽·종이·천 등으로 만든 작은 주머니

쌈지에서 떨어져 나온 바늘을 꿀꺽꿀꺽 삼키는 게 아닌가? 밥알 인형의 몸집은 눈 깜짝할 사이에 쑥쑥 불어났다. 쌈지의 바늘을 죄다 집어삼킨 밥알 인형은 숟가락과 젓가락을 싸 둔 보자기 속으로 들어갔다. 그러고는 제 몸집만 한 숟가락과 젓가락을 닥치는 대로 집어삼켰고, 또다시 몸집이 쑥쑥 커졌다. 여기서 끝이 아니었다. 밥알 인형은 성큼성큼 다락방을 뛰쳐나가 부엌으로 갔다. 그리고 칼이며 가마솥까지 부엌의 쇠붙이란 쇠붙이는 모조리 먹어 치웠다. 또 문고리, 헛간의 호미와 쟁기에 달린 쇠붙이까지 전부 꿀꺽꿀꺽 삼켜 버렸다. 밥알 인형의 몸집은 어느새 집채만큼 커졌다.

괴물이 된 밥알 인형

집채만 한 괴물이 된 밥알 인형은 집을 뛰쳐나와 온 나라를 휘젓고 다녔다. 쇠붙이란 쇠붙이는 보이는 대로 집어삼켰다. 쇠붙이를 먹는 괴물 때문에 백성들이 혼비백산※하고 있다는 소식은 임금의 귀에까지 들어갔다.

"쇠붙이를 먹는 괴물 때문에 백성들의 어려움이 크다고 하오. 어서 병사들을 이끌고 가 그 괴물을 죽이도록 하시오!"

※ **혼비백산** 혼백이 어지러이 흩어진다는 뜻으로, 몹시 놀라 넋을 잃음을 이르는 말

수많은 병사들이 괴물을 잡기 위해 달려들었다. 하지만 괴물의 피부가 너무 단단해 창과 칼로 죽일 수가 없었다. 오히려 괴물은 병사들의 창과 칼까지 집어삼키면서 더욱 사나워지고 거대해졌다. 괴물이 입에서 불을 뿜으며 날뛰는 통에, 이제 누구 하나 괴물을 잡겠다고 나서는 사람이 없었다. 나라에서는 괴물을 물리칠 방법을 찾기 위해 날마다 회의를 열었다.

"온갖 무기란 무기를 모두 모아서, 어서 그 괴물을 물리치시오!"

"전하, 나라 안의 쇠붙이는 모두 씨가 말라 괴물을 물리칠 무기를 구하기 힘든 지경이옵니다."

"그렇다고 손 놓고 있을 수만은 없는 일 아니오?"

"그러하옵니다. 쇠붙이를 다 먹고 난 다음에는 사람을 공격할지도 모르는 일이옵니다."

결국 나라에서는 괴물을 물리치는 사람에게 큰 상을 내리겠다는 방을 내걸었다.

이 쪽지를 펴 보시오

한편 밥알 인형을 만든 승려는 친척에게서 괴물에 대한 이야기를 전해 들었다.

"괴물이 나라 안의 쇠붙이는 모조리 집어삼키고 있어서 난리가 났다고 합니다. 지금 그 괴물을 잡는 데 온 정신이 쏠려, 승려들을 잡아 가두는 일은 뒷전인 듯합니다."

그 이야기에 승려는 옳다구나 하며 미소를 지었다.

'드디어 바깥세상 빛을 볼 수 있게 되었구나!'

그리고 다락방에서 나와 친척과 그의 아내에게 작별 인사를 전했다.

"지금까지 많은 신세를 졌습니다. 목숨을 구할 수 있도록 해 주신 은혜는 절대 잊지 않겠습니다."

승려는 품속에서 쪽지를 꺼내 친척에게 건네주며 말했다.

"그동안 돌봐 주신 은혜에 조금이라도 보답이 되었으면 좋겠습니다. 이 쪽지는 혹시 위험한 일을 당하게 되거든 펴 보십시오."

승려는 고개를 숙여 인사하고 친척의 집을 떠났다.

불가살, 죽일 수 없다?

승려가 떠나고 얼마 뒤, 친척이 사는 마을에 괴물이 나타났다. 그동안 더욱 덩치를 키우고 사나워진 괴물은 쇠붙이를 찾아 내려고 날뛰었다. 괴물은 친척의 집 마당까지 들어와 괴상한 소리를 지르기 시작했다. 겁에 질려 벌벌 떨던 친척은 승려가 주고 간 쪽지를 생각해 냈다.

'그래, 위험할 때 펴 보라고 한 쪽지가 있었지!'

친척은 승려가 주고 간 쪽지를 펼쳐 보았다. 쪽지에는 '不아니 불 可가능하다 가 殺죽일 살'이라는 세 개의 한자가 적혀 있었다.

"불가살? 죽일 수 없다는 말인가!"

친척이 한숨을 쉬며 쪽지를 쳐다보고 있자, 이를 넘겨다보던 친척 아내가 말했다.

"혹시 죽일 수 없다는 뜻의 '不'이 아니고, '불'로 죽일 수 있다는 뜻 아닐까요?"

부인의 말을 듣고 보니 그도 그럴듯했다. 친척은 밑져야 본전이라는 생각으로 불화살을 만들었다. 그리고 괴물을 향해 활시위를 당겼다.

"크아!"

화살에 맞은 괴물은 무시무시한 소리를 내기 시작했고, 마침내 커다란 몸에 불이 붙어 터져 버렸다.

"만세! 괴물이 죽었다!"

나라 안의 사람들은 괴물이 죽었다는 소식에 크게 기뻐하며 만세를 불렀다. 괴물을 죽인 친척은 임금의 약속대로 큰 상을 받았다.

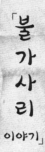

「불
가
사
리
이야기」

1 더 알고 싶다, 불가사리!

불가사리 하면 바다에서 볼 수 있는 별 모양의 생물이 가장 먼저 떠오르죠? 「불가사리 이야기」 속 불가사리는 우리 조상들의 생각 속에서 살던 동물이에요. 쇠붙이를 먹고 자란다는 상상의 동물이지요. 죽일 수 없다고 해서 불가살이(不可殺伊), 오직 불로만 죽일 수 있다고 해서 불가살이(불可殺伊)라고 불린답니다.

2 조상들의 상상 속에 살던 동물들, 모두 모여라!

해태

옳고 그름을 판단하는 능력을 가진 상상 속 동물이에요. 또 다른 이름으로 '해치'라고도 불리지요. 해치는 옛 우리말로 '해님이 보낸 벼슬아치'의 줄임말이에요.

해태는 예부터 불이나 재앙을 막아 주는 신령스러운 동물로 여겨졌어요. 그래서 궁궐에 조각해 장식하거나, 그림으로 그려 불을 다루는 곳이나 문에 붙였지요.

70

기린

목이 길쭉한 얼룩무늬의 기린을 생각한다면 당장 멈추세요. 이 기린은 아프리카에 사는 그 기린이 아니거든요. 우리 조상들의 상상 속 기린은 화려한 빛깔의 털을 가지고 이마에는 기다란 뿔이 하나 달려 있는 동물이에요. 덕과 어짊의 상징으로 여겨졌답니다.

용

동양에서 용은 모든 동물의 우두머리이며 물을 다스리고 바람과 비를 일으키는 신령이라고 생각했어요. 온몸이 비늘로 뒤덮여 있고 뱀처럼 길고 두꺼운 몸체에는 갈기와 등지느러미가 있지요. 새나 도마뱀의 다리처럼 생긴 네 개의 손발을 가졌고, 악어 같은 머리에 사슴 같은 뿔이 나 있어요.

봉황

봉황은 신령스런 새인데 수컷을 봉(鳳), 암컷을 황(凰)이라고 했어요. 이 새가 세상에 나타나면 세상이 평화로워진다고 믿었대요. 그래서일까 현재 우리나라의 국새*와 청와대 정문 등에 봉황이 조각되어 있지요.

※ **국새** 나라를 대표하는 도장

「강림 도령 이야기」
염라대왕 모시러 저승으로 가다!

친구들은 '저승사자' 하면 어떤 생각이 드나요? 저승이라는 말만 들어
도 무섭다고요? 무시무시하게 하얀 얼굴과 새까만 옷이 떠오른다고요?
하하, 그럴 수도 있겠네요. 그런데 오늘 친구들이 만날 저승사자는 무섭
지 않답니다. 똑똑하고 용감해 저승사자가 된 사람이거든요.

과양 각시에게 홀린 왕자들

멀고 먼 옛날, '동경국'에 '버물왕'이라는 왕이 살았
다. 버물왕은 아홉 명의 왕자를 두었으나, 여섯을 차례로 잃
고 이제 겨우 셋만 남아 있는 터였다. 그러던 어느 해, 큰 왕자가
열두 살, 가운데 왕자가 열한 살, 막내 왕자가 열 살이 되
었을 때다. 세 왕자는 궁궐을 나와 연못의 연꽃을 구경하
다가 너른 바위에 앉아 놀고 있었다. 그때 웬 스님이 세 왕
자를 보더니 쯧쯧 혀를 차고 지나갔다. 이상하게
생각한 왕자들이 후다닥 쫓아가 물었다.

"스님, 왜 저희들을 보고서 혀를 차십니까?"

"보아하니 온몸에 복이 넘친다만 앞으로
3년을 넘기지 못하겠으니 안타까워
그러는 게지."

세 왕자는 그 길로 궁궐로 뛰어 들어가 아버지께 스님의 말을 전했다. 안 그래도 왕자들 걱정이 끊이질 않던 버물왕은 얼굴이 하얗게 질려 당장 그 스님을 불러오라 했다. 그러고는 스님에게 다짜고짜 따져 물었다.

"아니, 우리 왕자들이 앞으로 3년밖에 못 산다니 그게 무슨 말입니까?"

"딱하오만 그것이 왕자님들의 운명입니다. 그 운명을 피하고 싶으면 지금 바로 왕자님들을 궁궐에서 내보내십시오. 그리고 3년 동안 세상을 떠돌며 장사를 하게 하십시오. 단, 왕자님들께 '광양 땅'의 '과양생이'를 조심하라 일러야 합니다."

이리하여 세 왕자는 정든 궁궐을 떠나 3년 동안 세상 곳곳을 떠돌게 되었다.

이러구러※ 세월이 흘러 어느덧 3년이 지나갔다. 세 왕자는 꿈에도 그리던 부모님 품으로 돌아갈 생각을 하니 가슴이 부풀어 올랐다. 들뜬 마음에 자신들이 지나는 곳이 광양 땅인지도 모른 채 발걸음을 옮겼다.

얼마 동안 걷던 세 왕자는 뭔가가 이상했다. 뒤에서 뭔가가

※ **이러구러** 이럭저럭 시간이 흐르는 모양

잡아당기는 듯 걸음이 떼어지질 않았던 것이다. 같은
자리만 맴돌던 세 왕자는 결국 피곤과 배고픔에 지쳐
털썩 주저앉았다. 세 왕자는 고민 끝에 어느 으리으리한 기와
집 문을 두드리고 먹을 것을 청했다. 그러자 주인집 각시*가
나오는데, 그 모습이 눈부시게 고왔다. 각시는 밥을 얻으러 온
세 왕자에게 탐탁지 않은 표정을 짓더니 개가 먹던 바가지에
식은 밥 세 숟가락을 담아 물에 말아 내주었다. 세 왕자는 각
시가 준 밥을 먹고 기운을 조금 차렸다. 세 왕자가 등에 진 짐
에서 값진 비단을 꺼내 각시에게 주니, 돌연 각시의 얼굴빛이
변하며 세 왕자에게 말했다.

※ **각시** 아내를 달리 이르는 말 또는 새색시

"대접이 소홀해서 어쩐답니까? 어서 집 안으로 들어 하룻밤이라도 주무시고 떠나옵소서."

세 왕자는 각시의 부탁에 기분이 좋아져 집 안으로 들어갔다. 각시는 귀한 술과 고기를 가득 차려 와 왕자들에게 주었다.

"이 술 한잔 들어 보시오. 한 잔 먹으면 천 년을 살고, 두 잔 먹으면 만 년을 사는 술이오."

세 왕자는 술을 받아 꼴깍꼴깍 마시고는 그 자리에 풀썩 쓰러지고 말았다. 이 모습을 본 각시는 서늘한 미소를 지으며 화로※에 3년 묵은 참기름을 따라 졸이고는 세 왕자의 귓속에 소로록 부었다. 그러자 세 왕자는 비명 한 번 지르지 못하고 그 자리에서 목숨을 잃었다. 이 각시가 바로 3년 전 스님이 말하던 광양 땅의 과양생이 아내 '과양 각시'였다.

과양생이 부부의 세 아들

과양생이 부부는 세 왕자의 재물을 빠짐없이 챙기고, 시체는 연못에 던져 버렸다. 며칠 뒤 과양 각시가 연못에 가니 물 위에 난데없는 삼색 꽃이 떠 있었다. 과양 각시는 삼색 꽃을 건져 붉

※ **화로** 숯불을 담아 놓는 그릇

76

은 꽃은 대문에 꽂고, 노란 꽃은 샛문※에 꽂고, 푸른 꽃은 뒷문
에 꽂아 두었다.

　그런데 괴이한 일이었다. 과양 각시가 집 밖에 나설 때면 붉은
꽃이 앞머리를 박박 잡아끌고, 들어설 때면 뒷머리를 박박 잡아

　※ **샛문** 따로 드나들도록 만든 작은 문

끌었다. 밥상을 들여갈 때면 노란 꽃이 앞머리를 박박 잡아끌고, 나갈 때면 뒷머리를 박박 잡아끌었다. 뒤뜰에 나가면 푸른 꽃이 앞머리를 박박 잡아끌고, 장을 떠서 들어오면 뒷머리를 박박 잡아끌었다. 과양 각시는 견디다 못해 꽃 세 송이를 휙 잡아 빼어 화로 숯불에 넣어 활활 태워 버렸다.

그날 저녁 이웃에 사는 '청태할망'이 과양 각시의 집에 불을 빌리러 왔다. 과양 각시가 고갯짓으로 화로를 가리키니 청태할망이 화로를 뒤지다 말고 이렇게 말했다.

"화로에 불은 없고 삼색 구슬이 오글오글 나오니 웬일이오?"

과양 각시가 화로를 뒤지니 과연 빛깔이 찬란하고 아름다운 구슬 세 개가 굴러 나왔다. 과양 각시는 구슬을 입에 넣고 혀끝으로 굴리다가 그만 구슬을 꼴깍 삼켜 버렸다.

그로부터 열 달 뒤 한꺼번에 아들 셋을 낳았는데, 세 형제 모두가 영특하여 하나를 가르치면 열을 알았다. 열다섯 살 되던 해에는 과거※를 치러 세 형제가 나란히 1, 2, 3등을 휩쓸었다. 과거에 붙은 세 형제는 화려하게 단장을 하고 집에 와 부모에게 큰절을 올렸다. 그런데 어찌 된 일인지 땅바닥에 손을 댄 세 형

※ **과거** 관리를 뽑는 시험

제가 고개를 숙인 채 계속 엎드려 있는 것이었다.

"얘들아, 됐다. 이제 그만 일어나거라."

과양생이 부부가 아무리 다그쳐도 세 형제는 대답도 없이 꼼짝을 안 했다. 과양 각시가 일어나 아들들의 어깨를 툭 치니 세 형제가 옆으로 풀썩 고꾸라지는 것이 아닌가!

세 아들은 모두 이 세상 사람이 아니었던 것이다.

염라대왕을 만나러 떠나는 강림 도령

세 아들을 잃고 통곡하던 과양 각시는 광양 땅을 다스리는 원님에게 달려갔다.

"내 아들 셋이 한날한시⁂에 나고, 한날한시에 과거에 붙고, 한날한시에 죽으니 세상에 이런 법이 어디 있습니까. 이대로는 억울해 못 살겠으니 어찌 된 일인지 밝혀 주오."

"허어, 사람 죽은 이유를 나라고 알 턱이 있겠는가?"

원님이 모른 척 무시하자 과양 각시는 날마다 찾아와 원님을 달달 볶았다. 옆에서 그 모습을 지켜보던 원님의 아내가 답답하다는 듯이 말했다.

"듣자니 강림 도령이란 자가 쓸 만하다던데, 저승에 보내 염라대왕을 불러오게 하면 어떻겠습니까? 강림 도령의 각시가 열여덟이나 되니 새벽에 갑자기 부르면 오기 힘들 것입니다. 그 죄를 물어 저승에 보내면 될 것이옵니다."

원님은 아내의 말대로 아침 일찍 강림 도령을 불렀다. 마침 전날이 열여덟째 장모⁂의 생일인지라 늦게까지 술판을 벌인 강림 도령은 원님의 부름에 늦고 말았다.

⁂ **한날한시** 같은 날 같은 시각
⁂ **장모** 아내의 어머니

"감히 나의 부름에 늦다니! 네 살길은 하나뿐이다. 저승에 가서 염라대왕을 모셔 와라. 못 하겠거든 당장 목숨을 내놓아라."

강림 도령은 눈앞이 캄캄했다. 각시들에게 어찌해야 좋을지 물었으나 모두들 한결같이 고개만 저을 뿐 뾰족한 수를 내는 사람이 없었다. 강림 도령은 할 수 없이 장가갈 때 한 번 보고 못생겼다고 본체만체한 첫째 각시 집으로 갔다.

"서방님 표정이 왜 이리 어두우신 겝니까?"

강림 도령이 마지못해 저승에 가야 하는 사연을 이야기하자 각시가 말했다.

"대장부가 그만한 일에 이리 기운이 빠져 있단 말입니까. 그 일은 제게 맡겨 두십시오."

강림 도령의 각시는 고운 쌀을 콩콩 찧어다가 떡을 짓고는 정성을 다해 신들께 기도를 드렸다. 각시의 정성에 감동한 신들은 각시의 꿈속에 나타나 어서 강림 도령을 보내라 일렀다. 아침에 일어난 각시는 저승에 갈 준비를 하는 남편에게 넌지시 물었다.

"원님이 저승길 증표※로 어떤 걸 줍디까?"

강림 도령이 흰 종이에 검은 글씨의 증표를 보이자 각시가 깜

※ **증표** 증명이나 증거가 될 만한 표

짝 놀라 원님에게 가 따졌다.

"원님, 저승길 증표는 붉은 종이에 흰 글씨라는 것도 모른단 말입니까?"

새 증표를 받아 온 각시는 지어 놓은 떡을 챙겨 주며 남편을 배웅했다. 길 가다가 만나는 낯선 할머니 할아버지에게 공손히 하면 저승길이 열리리란 말도 잊지 않았다.

염라대왕과 함께 이승으로

강림 도령은 서쪽 땅을 향해 부지런히 걸었다. 가다 보니 멀리 지팡이를 짚고 가는 꼬부랑 할머니 한 사람이 있었다. 강림 도령은 할머니에게 다가가 떡 한 쪽을 꺼내 주었다. 그러나 할머니는 강림 도령이 준 떡을 못 본 체하더니 품속에서 똑같은 떡을 꺼내 강림 도령에게 주었다. 강림 도령이 먹어 보니 맛까지 제 것과 똑같은 것이 아닌가!

"아니, 어떻게 할머니 떡이 제 것과 이리 똑같습니까?"

"이놈아, 나를 모르겠느냐? 나는 너희 집 조왕※할머니다. 너의 각시 정성이 하도 기특해서 길을 알려 주는 게야. 저쪽 길로 쭉

※ **조왕** 부엌의 신

가다 보면 일흔여덟 갈림길이 나올 게다. 그 가운데에 저승 가는 길이 있으니 찾아서 가거라."

할머니가 알려 준 길로 가 보니 과연 일흔여덟 갈림길이 나타났다. 어느 길로 들어서야 저승으로 가는지 몰라 한참을 이리저리 헤매고 있는데, 웬 낯선 할아버지가 나타났다. 강림 도령은 얼른 할아버지한테로 달려가 넙죽 절을 올렸다.

"염라대왕 모시러 저승으로 가는 강림 도령입니다. 길을 가르쳐 주십시오."

"길도 길이지만 난 배가 고파서 뭘 좀 먹어야겠는걸?"

강림 도령이 얼른 떡을 꺼내 내밀자 할아버지가 못 본 척 제 것을 꺼내는데, 그 또한 강림 도령 것과 똑같았다. 어리둥절해하는 강림 도령에게 할아버지가 호통을 쳤다.

"이놈아, 나를 모른단 말이냐? 나는 너희 집 문전* 할아버지로다. 네 각시 정성을 봐서 저승길을 인도하니 잘 듣거라."

※ **문전** 대문의 신

84

할아버지는 강림 도령에게 일흔여덟 갈림길 가운데에 저승 가는 길을 알려 주고는 흔적 없이 사라져 버렸다. 강림 도령이 할아버지가 알려 준 길로 가다 보니 길나장이※가 꾸벅꾸벅 졸고 있었다. 강림 도령은 길나장이에게 떡을 주고는 저승 가는 길을 물었다.

"저 앞에서 샛길로 빠져 오솔길을 헤치고 가면 연못이 나올 겁니다. 그 물 한가운데로 풍덩 뛰어들면 알 길이 있을 게요."

강림 도령은 연못에 이르러 눈을 질끈 감고 풍덩 뛰어들었다. 얼마나 지났을까. 갑자기 눈앞이 환해지며 커다란 문이 나타났다. 저승으로 향하는 '연추문'이었다. 강림 도령이 문 앞에서 서성이는데 마침 염라대왕의 가마가 나타났다. 강림 도령은 펄쩍 뛰어들어 소리쳤다.

"염라대왕은 길을 멈추고 제 말을 들어 주십시오. 저와 함께 이승으로 가셔야겠습니다. 우리 마을 원님께서 염라대왕을 뵙고자 합니다."

"어떤 놈이 겁도 없이 감히 나를 보고자 한단 말이냐!"

곧바로 염라대왕의 군사들이 강림 도령한테 달려들었다. 그러나 강림 도령의 몸짓 한 번에 염라대왕의 군사가 순식간에 모

※ **길나장이** 길을 인도하는 사람

두 쓰러지고 말았다.

"강림 도령이 과연 대단하구나. 내 다음 날 오후에 너희 고을 동헌※ 마당에 내려설 테니 먼저 가 기다려라."

강림 도령은 염라대왕의 말대로 먼저 연못 밖으로 나와 첫째 각시의 집으로 향했다. 각시는 강림 도령을 보자 맨발로 뛰어나와 맞이했다.

※ **동헌** 고을의 원님이 일을 보는 건물

"진정 서방님이시옵니까? 어찌 이제야 돌아오십니까?"

"이제 겨우 사흘이 지났을 뿐인데 어찌 그리 안달이시오?"

"이승에서는 3년이 흘렀습니다."

다음 날 오후, 맑던 하늘에 갑자기 뭉게구름이 떠오르고 동헌 마당에 무지개가 서더니 염라대왕이 수천 군사를 거느리고 벼락이 치듯 들이닥쳤다.

89

"여봐라! 그대가 어찌 감히 나를 불렀단 말이냐!"

염라대왕의 서슬※에 원님이 기어 들어가는 소리로 말했다.

"다른 게 아니라 이 나라 광양 땅 과양생이의 세 아들이 한날한시에 태어나 한날한시에 죽은 까닭을 여쭈어 보려고 염라대왕님을 모셨습니다."

"그렇거든 당장 과양생이 부부를 불러오거라."

과양생이와 과양 각시가 동헌 마당에 불려 오자 염라대왕이 말했다.

"너희 세 아들이 죽었다 하니 어디에 묻었는지 고해라."

과양 각시가 선뜻 나서서 밭에 묻었다고 했다. 염라대왕이 그들을 이끌고 가서 세 아들을 묻은 곳을 파 보라 하니 시체가 보이지 않았다. 염라대왕이 다시 그들을 이끌고서 연못을 뒤지니 동경국 세 왕자의 시체가 나타났다. 염라대왕이 금부채로 세 왕자의 몸을 톡톡톡 세 번 때리자, 세 왕자는 부스스 눈을 뜨고 옷을 털면서 자리에서 일어났다. 염라대왕이 과양생이 부부에게 물었다.

"이들이 너희의 세 아들이냐?"

"예, 우리 세 아들과 꼭 같습니다."

※ **서슬** 강하고 날카로운 기세

염라대왕이 다시 세 왕자에게 물었다.

"이 사람들이 너희 부모냐?"

"이자들은 부모가 아니라 우리의 원수입니다!"

그러면서 죽이려고 달려들었다.

"원수는 내가 갚아 줄 테니 너희는 부모님을 찾아가라. 너희를 기다린 지 오래이니라."

세 왕자를 보낸 염라대왕은 과양생이 부부의 목숨을 빼앗았다. 이들은 살아서 남의 피를 빨아먹던 버릇이 그대로 남아 모기로 다시 태어났다.

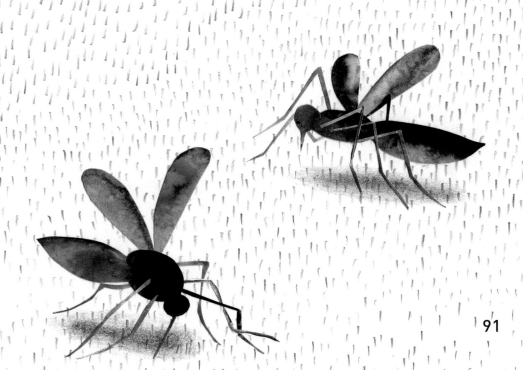

저승사자가 된 강림 도령

　과양생이 부부를 벌준 염라대왕은 저승으로 돌아가기 전에 원님에게 말했다.

　"강림 도령이 영특하고 뛰어나니 저승사자로 데려가려 하는데 어떠하오?"

　"정 그러하시면 몸은 두고 영혼만 가지고 가시지요."

　그러자 염라대왕은 두말없이 강림 도령의 영혼을 빼내어 저승으로 데리고 가 버렸다. 뒤늦게 이 사실을 안 강림 도령의 각시

는 영혼이 빠져나간 남편의 몸을 끌어안고 통곡했다.

"원님, 우리 서방님이 무슨 잘못을 했다고 이 지경을 만드셨습니까!"

하지만 이미 엎질러진 물, 강림 도령은 저승사자가 된 뒤였다. 염라대왕은 강림 도령에게 하나의 시험을 냈다. 죽을 날이 벌써 지났는데도 3,000년 동안이나 못 잡고 있는 '동방삭'을 찾아내 잡아 오라는 것이었다.

강림 도령은 동방삭이 나타난다고 알려진 냇가에 앉아 검은 숯을 냇물로 살살 씻으며 말했다.

"숯을 100일 동안 씻으면 하얀 숯이 되어 몸에 좋은 약이 된답니다."

하루는 백발노인 하나가 지나다가 그 말을 듣고 껄껄 웃었다.

"이놈아, 내가 3,000년을 더 살았어도 그런 말을 들어 본 적이 없다."

그러자 강림 도령은 부리나케 달려들어 밧줄로 노인을 꽁꽁 묶었다. 3,000년이나 염라대왕을 피해 죽지 않던 동방삭은 강림 도령에게 붙잡혀 저승으로 끌려가고 말았다.

염라대왕은 강림 도령에게 남자는 일흔 살에, 여자는 여든 살에 저승으로 데리고 오는 일을 맡겼다. 염라대왕의 명령이 담긴

'적패지'※를 받아 든 강림 도령은 이승에 나오다가 잠시 나무 그늘에서 쉬고 있었다. 때마침 까마귀가 날아와 까옥까옥 울면서 말을 걸었다.

"도령님, 그 적패지를 나한테 주면 내가 날아가 이승에 붙여 두고 오겠습니다."

강림 도령은 이승까지 오가기 귀찮던 터라 선뜻 까마귀에게 적패지를 내주었다. 적패지를 물고 한참 날아가던 까마귀는 한눈을 팔다가 적패지를 놓치고 말았다. 이때 마침 담 구멍에 얼굴을 내밀고 있던 하얀 뱀이 적패지를 꿀꺽 삼켜 버리니, 그 뒤로 뱀은 아홉 번 죽어도 열 번 다시 태어나게 되었다. 그리고 끝내 적패지를 찾지 못한 까마귀는 이승에 날아와 생각나는 대로 마구 지저귀었다.

"아이 갈 데 어른 가십시오. 부모 갈 데 자식 가십시오. 자손 갈 데 조상 가십시오."

그 뒤로 세상 사람들이 순서 없이 죽게 되었다. 화가 난 강림 도령이 까마귀를 잡아서 묶고 곤장※으로 때리니, 그때부터 까마귀는 아장아장 걷게 되었다고 한다.

※ **적패지** 저승으로 가야 할 사람의 이름이 쓰여 있는 붉은 천
※ **곤장** 옛날 죄인의 엉덩이를 치던 형벌 또는 그 도구

「강림도령
이야기」

1 집 안 곳곳에도 신이 있어요.

「강림 도령 이야기」를 통해 우리 조상들이 저승을 어떻게 생각했는지 엿볼 수 있어요. 우리 조상들은 저승이 이 세상 끝의 어딘가에 있다고 여겼지요. 그래서 강림 도령이 염라대왕을 찾으러 한없이 걷고 또 걸었던 거예요.

하지만 무조건 걷는다고 저승이 나오는 것은 아니에요. 수없이 많은 갈림길 앞에서 길을 알려 줄 사람이 필요하지요. 이 이야기 속의 길잡이는 바로 조왕 할머니와 문전 할아버지예요. 우리 조상들은 우리 집 안 곳곳에 신이 살고 있다고 믿었어요. 집 안에 어떤 신이 있는지 살펴볼까요?

2 다양한 집 안 신들

❀ **성주신** 집 안 신 가운데 으뜸이에요. 집 안의 모든 좋은 일, 나쁜 일을 다스리고 다른 여러 신들을 거느리지요. 성주신은 대들보나 안방, 대청마루에 있다고 해요. 대들보·안방·대청마루가 없는 집은 부엌에 조왕신과 함께 있다고 믿었지요.

❀ **조왕신** 조왕신은 불과 물을 다루고, 부엌을 다스리는 신이에요. 불의 신, 재물의 신으로 불리기도 했는데, 부엌이 살림살이의 중심이 되는 곳이기 때문이에요. 조왕신은 해마다 음력 12월 23일에 하늘에 올라가 옥황상제에게 1년 동안 일어났던 일을 고자질해요. 그래서 조상들은 음력 12월 22일 아궁이에 끈적끈적한 엿을 발라 놓았지요. 조왕신의 입이 쩍 달라붙어 고자질을 못하면, 하늘의 벌을 피할 수 있을 거라 생각했기 때문이래요.

❀ **문신** 문신은 대문을 지키는 신이에요. 좋은 복은 들어오게 하고, 나쁜 기운은 못 들어오게 막지요. 우리 조상들은 대문은 모든 것이 들어오고 나가는 곳이기 때문에, 문단속을 잘하면 가정이 평화롭고 복을 받을 수 있을 것이라고 믿었답니다.

❀ **측신** 측신은 뒷간, 즉 화장실을 다스리는 신이에요. 으~ 생각만 해도 냄새가 나는 것 같네요. 이 냄새 때문일까, 측신은 집 안 신 가운데 가장 성질이 고약하다고 해요. 측신은 똥오줌과 늘 함께하는 것과 반대로 몸단장을 즐긴대요. 뭔가 좀 안 어울리죠?

「지귀와 선덕 여왕 이야기」

사랑 때문에 불꽃으로 변한 남자

어느 여인을 사랑한 남자가 있어요. 그런데 그 여인은 보통 사람들이 감히 바라볼 수도 없는 '여왕'이지요. 다른 사람들은 오르지 못할 나무는 쳐다보지도 말라며 혀를 찼지만, 여왕을 향한 남자의 사랑은 날마다 깊어만 갔어요. 이 남자의 사랑이 어떻게 되는지 함께 지켜볼까요?

아름다운 여왕이여

신라 제27대 임금인 '선덕 여왕' 때의 일이다. 진평왕※의 맏딸
인 선덕 여왕은 지혜롭고 성품 또한 인자하여 백성들과 신하들
에게 존경을 받았다. 그뿐만이 아니라 빼어난 용모 때문에, 행
차※가 있는 날이면 먼발치에서라도 여왕을 보려는 사람들로 거
리가 꽉 차곤 했다.

※ **진평왕** 신라 제26대 왕
※ **행차** 신분 높은 사람이 길을 가는 것

그러던 어느 날, 활리역이라는 곳에 사는 '지귀'라는 젊은이가 서라벌(오늘날 경주) 거리를 걸어가고 있었다. 마침 그곳에는 여왕의 행차가 있다고 하여 사람들이 구름처럼 모여 있었다.

"여왕님 얼굴에서 정말 빛이 난다지?"

"그럼! 지난번 행차 때 뵙고서는 숨이 멎는 줄 알았다니까!"

사람들의 호들갑이 어찌나 대단한지, 지귀도 문득 여왕의 모습이 궁금해졌다.

'얼마나 아름다운 분이기에 이리 난리들일까?'

결국 지귀는 웅성이는 사람들 틈으로 끼어들어 여왕의 행차를 기다리기로 했다. 이윽고 여왕의 행차가 시작되었다. 길게 목을 빼고 두리번거리던 지귀는 화려한 가마에 앉아 우아한 모습으로 지나가는 여왕을 보았다. 그러고는 저도 모르게 털썩 주저앉고 말았다.

'아, 정말 사람의 모습이 아니로다. 하늘에서 내려온 선녀도 여왕님보다 아름답지 않으리라.'

지귀는 여왕의 아름다움에 마음을 홀딱 빼앗겼다. 그날부터 눈을 감아도, 눈을 떠도 여왕 생각밖에 없었다. 딱 한 번 보았을 뿐이지만 마음 깊이 여왕을 사랑하게 된 지귀는 몇 날 며칠을 먹지도 자지도 않고 여왕만 생각했다.

"아름다운 여왕님이여, 사랑하는 나의 여왕님이여……."

시름시름 앓으며 여왕을 그리던 지귀는 결국 정신이 나가고 말았다. 그리고는 동네방네 뛰어다니며 여왕님을 불러 대기 시작했다.

"여왕님! 사랑하는 나의 여왕님!"

지귀가 여왕을 부르며 웃다가 울다가 하는 모습은 영락없이 미친 사람이었다.

"쯧쯧, 감히 여왕님을 마음에 두다니……."

"그러게 말일세. 오르지 못할 나무는 쳐다보지도 말아야지."

사람들은 그런 지귀를 어이없어 하면서도 딱한 마음에 혀를 찼다.

여왕을 만난 지귀

얼마 뒤, 여왕이 궁궐 가까이 있는 절로 행차를 나섰다. 지귀는 여왕이 지나가는 길목에 기다리고 섰다가 뛰쳐나오며 소리를 질렀다.

"여왕님! 사랑하는 여왕님!"

지귀가 난리를 피우자, 거리에 모여 있던 사람들이 그를 붙잡고 입을 틀어막았다.

"그 불손한※ 소리를 여왕님이 들으시면 어쩌려고 이러나?"

"자네 혼자 미쳐 날뛰는 것은 어쩔 수 없네만, 그 소리가 여왕님 귀에 들어가는 날에는 목숨이 달아날지도 몰라."

이런 시끌시끌한 소리를 들은 여왕이 가마를 멈춰 세웠다.

"무슨 일이냐?"

"예, 웬 젊은이가 소란을 피우고 있는 듯하옵니다."

"무슨 사연인지 알아보고 오너라."

여왕의 명령을 받은 시녀가 자초지종을 듣고 와, 여왕에게 들려주었다. 그러자 여왕은 빙긋이 웃으며 말했다.

"나를 사랑하기 때문이라……. 그것 참 고마운 일이구나. 그에게 나를 따라와도 좋다고 일러라."

이 말을 전해 들은 지귀는 기뻐서 덩실덩실 춤을 추며, 여왕을 따라갔다. 여왕의 행렬이 절에 도착했다. 가마에서 내려 여왕이 기도를 드리는 동안, 지귀는 돌탑 아래 앉아 기다렸다. 그러나 해가 뉘엿뉘엿 저물도록, 여왕은 좀처럼 모습을 나타내지 않았다.

"아함……. 왜 이리 더디실까?"

※ **불손한** 말이나 행동 따위가 버릇없거나 겸손하지 못한

결국 지귀는 돌탑 아래 엎드려 스르르 잠이 들고 말았다.

마침내 오랜 기도를 마치고 나온 여왕이 돌탑 아래 잠들어 있는 지귀를 보게 되었다. 그러나 지귀는 꿈에도 그리던 여왕이 자신을 바라보고 있는 걸 알지 못한 채, 깊은 잠에 빠져 있었다. 그런 지귀의 모습을 바라보던 여왕은 문득 그가 가엾다는 생각이 들었다. 그래서 여왕은 자신이 차고 있던 금팔찌를 빼서 지귀의 가슴 위에 살며시 올려놓고 그 자리를 떠났다.

지귀는 여왕이 떠난 뒤에야 비로소 잠이 깼다. 그는 가슴 위에 놓인 여왕의 금팔찌를 보고 기뻐서 어찌할 줄을 몰랐다.

"아, 여왕님이 내게 주신 선물이로구나! 여왕님, 나의 여왕님!"

그러나 기쁨으로 가슴이 벅차오르는 것도 잠시, 지귀는 갑자기 가슴이 타들어 가듯이 뜨거워지는 것을 느꼈다.

"으악!"

결국 지귀의 가슴속 불길은 몸 밖으로 솟구쳐 나와 온몸을 감싸고 말았다. 지귀의 몸은 커다란 불길이나 다름없었다. 지귀가 있는 힘을 다해 돌탑을 잡고 일어서자, 불길은 돌탑으로까지 옮겨붙었다. 지귀는 꺼져 가는 숨을 내쉬며 여왕을 따라 거리로 나섰다. 그랬더니 불길은 눈 깜짝할 사이에 온 거리를 불바다로 만들었다.

불귀신이 된 지귀

　그 뒤로 불귀신이 된 지귀는 온 나라를 떠
돌며 이곳저곳 불을 놓고 다녔다. 백성들은
그런 지귀가 두려워 덜덜 떨기만 할 뿐이었
다. 이 소문은 여왕의 귀에까지 들어갔다.
걱정에 밤잠을 못 이루던 여왕은 불귀신을
쫓는 주문을 지어 백성들에게 내놓았다.

지귀는 마음에서 불이 일어
온몸을 태우고 불귀신이 되었네.
푸른 바다 밖 멀리 흘러갔으니
보지도 말고 친하지도 말지어다.

　백성들이 여왕이 지어 준 주문을 대문에 붙이니, 그제야 불을 피할 수 있었다. 그 뒤로 사람들은 불을 막기 위해 불귀신을 물리치는 주문을 썼다고 한다. 이는 지귀가 몸은 불귀신으로 변하였어도 마음만은 변치 않아, 오직 여왕의 뜻만을 따랐기 때문이라고 전해진다.

「지귀와 선덕 여왕 이야기」

1 우리나라 최초의 여왕

선덕 여왕은 신라 제27대 왕이에요. 우리나라 역사 속 최초의 여왕이지요. 선덕 여왕의 아버지인 진평왕에게는 왕위를 물려줄 아들이 없어, 선덕 여왕이 자리를 물려받았답니다. 선덕 여왕이 얼마나 지혜로운 왕이었는지 알 수 있는 이야기를 소개할게요.

2 선덕 여왕의 지혜로움이 돋보이는 이야기들

❀ 그림 속의 모란

어느 날, 중국(당나라)에서 모란을 그린 그림과 씨앗을 보내 왔어요. 선덕 여왕은 말없이 그림을 바라보았지요. 한참 뒤 여왕이 말했어요.

"그림 속 모란은 아름답지만, 향기가 없는 것 같소. 꽃씨를 심어 꽃이 피면 향기를 맡아 보시오."

얼마 뒤 모란이 피어났어요. 그림처럼 무척 아름다웠죠. 하지만 선덕 여왕의 말처럼 아무런 향기가 나지 않았지요.

"어찌 그림만 보고 모란에 향기가 없는 줄 아셨사옵니까?"

"꽃에 향기가 있으면 그 향기를 따라 나비가 날아드는 법이오. 그런데 그림 속에는 나비가 한 마리도 없소. 그러니 그 꽃에 향기가 없는 것 아니겠소? 당나라 왕이 결혼을 하지 않아 짝이 없는 나를 놀린 것이오."

신하들은 그제야 선물을 받고 아무 말 없었던 선덕 여왕의 마음을 이해했답니다.

❀ 한겨울에 우는 개구리

서라벌에 옥문지라는 연못이 있었어요. 어느 날 옥문지에서 이상한 일이 일어났지요. 겨울잠을 자야 할 개구리 수백 마리가 울어 대기 시작한 거예요.

소문을 들은 선덕 여왕은 급히 서라벌 서쪽의 여근곡이라는 계곡에 군사를 보냈어요. 그랬더니 글쎄 여근곡에 백제 군사가 잔뜩 숨어 있었지요. 신하들이 이 사실을 어떻게 알았는지 묻자 선덕 여왕이 말했어요.

"개구리의 얼굴은 눈이 툭 튀어나와 꼭 성난 얼굴 같으니, 군사의 모습과 닮았소. 또 옥문이라는 이름은 흰빛을 가리키고, 흰빛은 서쪽을 가리키기도 하잖소? 옥문지에서 개구리가 우는 것은, 곧 적이 서쪽에 있다는 뜻이 아니겠소?"

어때요? 선덕 여왕의 지혜가 정말 대단하지요?

111

「설문대할망 이야기」
한라산을 베개 삼고 쿨쿨~

1 설문대할망에 대한 설명 가운데 틀린 것을 골라 보세요.

① 몸집이 엄청나게 커서 제주도에 다 들어가지 못할 정도였다.
② 잠을 잘 때는 한라산을 베개 삼고 눕곤 했다.
③ 들숨 한 번에 온 하늘이 흔들리고, 날숨 한 번에 온 땅이 들썩거렸다.
④ 바다에 들어가면 할망의 목에서 물이 찰랑거렸다.

2 아래 글을 읽고 빈칸에 들어갈 장소의 이름을 써넣어 보세요.

> 제주도가 아직 평평했을 때이다. 그때만 해도 산은커녕 바위조차 찾아
> 볼 수 없었다. 설문대할망은 앉아서 쉴 만한 산을 만들기로 했다. 넓은
> 치마폭 가득 흙을 퍼 담아 섬 한가운데 쌓기 시작했다. 이렇게 몇 번 왔
> 다 갔다 하니 금세 높다란 산이 생겼다. 그 산이 바로 제주도의 (①)
> 이다. 그런데 할망이 고개를 갸우뚱하며 혼잣말을 했다.
> "가운데가 너무 뾰족해서 앉기가 불편하겠구먼."
> 할망은 산꼭대기를 꾹꾹 눌러 다졌다. 이렇게 할망이 앉으려고 꾹꾹 눌
> 러놓은 곳은 (②)이다.

3 어느 날 설문대할망이 제주 사람들에게 한 가지 제안을 했어요. 자신이 원하는 일을 해 주면, 어떤 일을 해 주기로 했지요. 할망이 원하는 일과 해 주기로 한 일은 무엇인가요? `서술형 문항 대비`

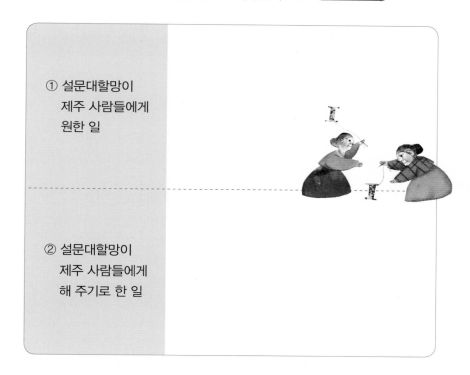

① 설문대할망이 제주 사람들에게 원한 일

② 설문대할망이 제주 사람들에게 해 주기로 한 일

4 「설문대할망 이야기」는 세상을 만든 거대한 할머니에 대한 이야기예요. 이런 이야기를 무엇이라고 하나요?

① 영웅 신화　　　② 홍수 신화　　　③ 창조 신화　　　④ 건국 신화

『옹고집전』
진짜야 물렀거라, 가짜 나가신다!

1 『옹고집전』의 내용을 순서에 맞게 정리해 보세요.

① 옹고집은 시주는커녕, 관상을 나쁘게 말했다는 이유로 학 대사를 실컷 두들겨 패서 내쫓았다.

② 학 대사는 짚으로 허수아비를 만든 뒤 부적을 써 붙였다.

③ 옹고집은 큰 부자였지만 무척 인색해, 어머니가 병들어 누웠는데도 약 한 첩 지어 드리지 않을 정도였다.

④ 학 대사가 옹고집을 혼내 주기 위해 찾아와 황금을 시주하라고 했다.

⑤ 그러자 허수아비가 옹고집의 모습으로 변해 옹고집을 찾아갔다. 갑자기 나타난 또 한 명의 옹고집 때문에 집안이 발칵 뒤집혔다.

(   ) → (   ) → (   ) → (   ) → (   )

2 두 명의 옹고집은 누가 진짜인지 밝혀내기 위해 사또를 찾아갔지요? 사또는 어떤 방법으로 진짜와 가짜를 구별했나요? 또 사또는 진짜 옹고집이 누구인지 제대로 찾았나요? 서술형 문항 대비

114

3 『옹고집전』은 못된 부자가 중에게 쇠똥을 주었다가 벌을 받았다는 이야기를 바탕으로 쓰였어요. 그 이야기는 무엇인가요?

① 장자못 설화　　　② 흥부전　　　③ 장화홍련전　　　④ 토끼전

4 어느 날 친구들의 부모님과 똑같이 생긴 사람이 나타났어요. 어떤 특징으로 진짜와 가짜를 구별하면 좋을까요? 나만 알고 있는 부모님의 특징을 써 보세요.

어머니의 특징	아버지의 특징

『전우치전』
도술로 세상을 쥐락펴락!

1 『전우치전』에 대한 설명 가운데 틀린 것은 무엇인가요?

① 『전우치전』은 실제로 있었던 인물을 바탕으로 쓰였다.
② 사람들의 입에서 입으로 전해진 이야기이다.
③ 전우치는 못된 사람들을 혼내 주며, 억울한 사람을 도왔다.
④ 전우치는 영원히 사람들 곁에 머물며, 영웅이 되었다.

2 전우치는 친구 양봉환을 위해 옳지 못한 행동을 했어요. 그때 전우치를 꾸짖어 바른길로 이끈 사람은 누구인가요?

① 서화담   ② 강림 도령   ③ 임금   ④ 이순신

3 전우치 때문에 화가 난 임금이 전우치가 들어가 있는 병을 집어 던졌어요. 그 뒤 전우치는 어떻게 되었을까요? `서술형 문항 대비` 🖊

> 임금은 화가 치솟아 전우치를 당장 잡아들이라고 명령했다. 병사들이 달려가 전우치를 꽁꽁 묶었지만, 그들이 묶은 것은 한낱 잣나무였다. 그러자 전우치가 말했다.
> "나를 잡아가려거든 이 병에 넣어 가거라."
> 전우치는 병 속으로 쏙 들어갔다. 병사들이 병 입구를 막아 궁궐로 옮기자, 임금은 병째로 가마 속에 넣어 펄펄 끓이라고 명령했다. 전우치가 다시 말했다.
> "제가 집이 가난하여 땔나무 하나 없기에, 겨울에는 추워서 견딜 수 없었나이다. 그런데 이렇게 언 몸을 녹여 주시니 감사할 따름이옵니다."
> 임금은 화가 치밀어 병을 집어 던졌다.

4 전우치는 신기한 도술을 많이 부렸어요. 친구들이 전우치라면 어떤 도술을 부리고 싶나요? 그 이유는 무엇인가요?

내가 사용하고 싶은 도술은?	그 이유는?

「불가사리 이야기」
우적우적, 쇠붙이 먹는 괴물

1 다음 글을 읽고 빈칸에 들어갈 말을 써넣어 보세요.

> 태조 이성계는 고려를 멸망시키고 새 나라 조선을 세웠다. (①)를
> 믿고 따르던 고려와 달리, 조선은 (②)를 내세워 나라를 다스렸다.
> 이성계는 자신이 세운 나라가 고려와는 다른 나라라는 것을 강하게 알
> 리기 위해 (①)를 억누르려고 했다. 그 방법으로 나라 안의 승려란
> 승려는 모두 잡아들이기 시작했다.

힌트 ① 절과 관련이 있어요.
② 공자와 관련이 있어요.

2 한 승려가 태조 이성계를 피해 친척의 집 다
락방에 숨어 살고 있었어요. 승려는 너무 심
심해 이것으로 인형을 만들었지요. 이것은
무엇인가요?

① 고구마   ② 감자   ③ 떡   ④ 밥알

3 승려는 친척의 집을 떠나면서 '不可殺'이라고 쓰여 있는 쪽지를 주었어요. 친척은 쪽지를 본 뒤 괴물을 물리쳤지요. 친척이 어떻게 괴물을 물리쳤나요.

힌트 不可殺의 뜻을 아래처럼 두 가지로 나누어 생각해 보세요.

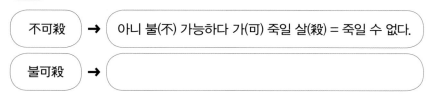

不可殺 → 아니 불(不) 가능하다 가(可) 죽일 살(殺) = 죽일 수 없다.

불가殺 →

4 불가사리는 조상들의 상상 속에서 살던 동물이에요. 아래의 상상 속 동물의 이름을 설명과 바르게 이어 보세요.

① 기린

② 봉황

③ 해태

㉠ 모습을 보이면 세상이 평화로워진다고 믿었던 새

㉡ 옳고 그름을 판단하는 능력을 가진 상상 속 동물로 해치라고 불리기도 함

㉢ 화려한 빛깔의 털을 가지고 이마에는 기다란 뿔이 있는 동물

「강림 도령 이야기」
염라대왕 모시러 저승으로 가다!

1 「강림 도령 이야기」에 대해 잘못 알고 있는 사람은 누구인가요?

① **진경** : 동경국의 세 왕자는 못된 과양 각시 때문에 목숨을 잃었어.
② **민주** : 그 일이 있은 뒤 과양 각시는 세 명의 딸을 낳았어. 딸들은 한꺼번에 과거에 합격하고, 한꺼번에 죽었지.
③ **태민** : 과양 각시는 원님을 찾아가 자식이 죽은 이유를 밝혀 달라고 했어.
④ **준영** : 원님은 강림 도령을 불러 저승에 가서 염라대왕을 모셔 오라고 시켰지.

2 강림 도령은 저승에 가는 동안 두 명의 길잡이를 만났어요. 이 두 사람은 누구이며 어떤 도움을 받았나요? 서술형 문항 대비

①

②

3 강림 도령을 따라온 염라대왕은 과양생이 부부의 목숨을 빼앗았어요. 부부는 살아서 남의 피를 빨아먹던 버릇이 그대로 남아 이것으로 태어났답니다. 이것은 무엇일까요?

① 파리　　　　② 사마귀　　　　③ 모기　　　　④ 잠자리

4 염라대왕은 강림 도령을 저승사자로 삼았어요. 남자는 일흔 살에, 여자는 여든 살에 저승으로 데려오는 일을 맡겼지요. 그런데 세상 사람들이 순서 없이 죽게 되었어요. 그 이유는 무엇인가요?

서술형 문항 대비

「지귀와 선덕 여왕 이야기」
사랑 때문에 불꽃으로 변한 남자

1 다음 글에서 설명하는 사람은 누구인가요?

> ① 신라 제27대 임금이고, 우리나라 최초의 여왕이다.
> ② 지혜롭고 성품이 뛰어나 백성들과 신하들에게 존경을 받았다.
> ③ 용모 또한 빼어나서 행차가 있는 날이면 여왕을 보려는 사람들로 거리가 가득 찼다.

2 지귀는 여왕을 만나기 위해 돌탑 아래에서 기다렸어요.
그러다 잠이 들어서 결국 여왕을 만나지 못했지요.
하지만 여왕은 지귀를 위한 선물을 남겨 놓았답니다.
그것은 무엇인가요?

① 따뜻한 이불
② 좋은 옷
③ 자신이 차고 있던 금팔찌
④ 여왕이 만든 음식

3 잠에서 깬 지귀는 여왕이 준 선물을 보고 크게 감동했어요. 기쁨으로 가슴이 벅차오르더니 갑자기 가슴속에서 불길이 치솟았고, 그대로 불귀신이 되고 말았지요. 불귀신이 된 지귀는 어떤 일을 했나요?

① 여왕을 찾아 궁궐로 갔다.
② 여왕을 도와 적을 물리쳤다.
③ 온 나라 사람들의 집에서 재물을 훔쳤다.
④ 온 나라 곳곳에 불을 놓고 다녔다.

4 불귀신이 된 지귀 때문에 온 나라 백성들이 벌벌 떨었어요. 여왕은 불귀신을 쫓는 주문을 지었지요. 이 주문을 대문에 붙이니 불귀신이 물러갔고요. 여왕이 지은 주문을 친구들이 한번 바꿔 볼까요?

지귀는 마음에 불이 일어
온몸을 태우고 불귀신이 되었네.
푸른 바다 밖 멀리 흘러갔으니
보지도 말고 친하지도 말지어다.

- - - - - - - - - - - - - - - - -

- - - - - - - - - - - - - - - - -

- - - - - - - - - - - - - - - - -

- - - - - - - - - - - - - - - - -

DNA ^{38p} 생물의 모든 정보가 들어 있는 유전 물질로, 부모로부터 전해짐

각시 ^{75p} 아내를 달리 이르는 말 또는 새색시

강림 도령 ^{54p} 저승사자의 우두머리

고직 ^{50p} 창고를 보살피고 지키던 사람

곤장 ^{94p} 옛날 죄인의 엉덩이를 치던 형벌 또는 그 도구

과거 ^{79p} (①   )

관상 ^{27p} 사람의 얼굴을 보고 그의 운명, 성격, 수명 따위를 판단하는 일

관아 ^{33p} 관리들이 나랏일을 보던 곳

관탈섬 ^{9p} 제주도에서 조금 떨어져 있는 무인도

(②   ) ^{71p} 나라를 대표하는 도장

귀양 ^{21p} 죄인을 먼 시골이나 섬으로 보내 살게 하던 벌

기생 ^{57p} 잔치에서 노래나 춤으로 흥을 돋우는 것을 직업으로 하는 여자

길나장이 ^{86p} 길을 인도하는 사람

길쌈 ^{15p} 실을 내어 옷감을 짜는 모든 일을 통틀어 이르는 말

(③   ) ^{28p} 몹시 화가 나 펄펄 뛰며 성을 내다

동 ^{15p} 물건을 묶어 세는 단위. 1동은 50필(천, 말을 세는 단위)을 이르는 말

동자 ^{42p} 남자아이

동헌 ^{87p} 고을의 원님이 일을 보는 건물

명주 ^{15p} 비단이 명주의 하나임

목탁 ^{25p} 불경을 욀 때나 사람들을 모이게 할 때 두드려 소리를 내는 기구

몽둥이찜 ^{24p} 찜질을 하듯 온몸을 몽둥이로 마구 때리는 일

문전 ^{84p} 대문의 신

반역 ^{56p} (④   )

방 ^{44p} 어떤 일을 널리 알리기 위해, 사람들이 많이 모이는 곳에 써 붙이는 글

벼슬아치 ^{21p} 관청에서 나랏일을 보던 사람

(⑤   ) ^{103p} 말이나 행동 따위가 버릇없거나 겸손하지 못한

샛문 ^{78p} 따로 드나들도록 만든 작은 문

한라산을 베개 삼고 쿨쿨~「설문대할망 이야기」

1. ④. 바닷물은 설문대할망의 무릎에 찰랑거렸다.
2. ① 한라산 ② 백록담
3. ① 속치마 한 벌을 만들어 주는 일 ② 제주와 육지를 잇는 다리를 놓아 주는 일
4. ③

진짜야 물렀거라, 가짜 나가신다!『옹고집전』

1. ③ → ④ → ① → ② → ⑤
2. 조상에 대해서 말해 보라고 했다. 진짜 옹고집은 말을 잘하지 못했는데, 가짜 옹
   고집은 조상에 대해 줄줄 말했다. 사또는 가짜 옹고집을 진짜 옹고집이라 생각
   했고, 결국 진짜 옹고집은 모든 것을 빼앗기고 쫓겨났다.
3. ①

도술로 세상을 쥐락펴락!『전우치전』

1. ④. 전우치는 서화담 선생을 따라 태백산에 들어가 평생 도를 닦으며 살았다.
2. ②
3. 산산조각 난 병들이 모두 전우치로 변해, 자신이 진짜라고 목소리를 높였다.

우적우적, 쇠붙이 먹는 괴물「불가사리 이야기」

1. ① 불교 ② 유교
2. ④
3. 불(火불 화) 가능하다 가(可) 죽일 살(殺) = 불로 죽일 수 있다.
4. ① - ㉢, ② - ㉠, ③ - ㉡

염라대왕 모시러 저승으로 가다! 「강림 도령 이야기」

1. ②. 과양 각시는 세 명의 아들을 낳았고, 세 아들이 한꺼번에 죽었다.
2. ① 조왕할머니 : 저쪽에 가면 일흔여덟 개의 갈림길이 있을 것이라고 길을 알려 주었다.
   ② 문전 할아버지 : 일흔여덟 개의 길 가운데 어떤 길로 가야 하는지 알려 주었다.
3. ③
4. 강림 도령이 남자는 일흔 살에, 여자는 여든 살에 저승으로 데려오라는 내용이 담긴 적패지를 까마귀에게 내주었기 때문이다. 까마귀는 적패지를 물고 가다 잃어버려 이승에 날아와 생각나는 대로 마구 지저귀었다. 그때부터 사람들이 순서 없이 죽게 되었다.

사랑 때문에 불꽃으로 변한 남자 「지귀와 선덕 여왕 이야기」

1. 선덕 여왕
2. ③
3. ④

① 관리를 뽑는 시험
② 국새
③ 노발대발하다
④ 나라를 다스리는 지도자의 자리를 빼앗으려 하는 일
⑤ 불손한
⑥ 시주

⑦ 저승에서 지옥에 떨어진 사람의 잘못을 심판하는 왕
⑧ 재물을 아끼는 태도가 몹시 지나침
⑨ 팔순
⑩ 혼백이 어지러이 흩어진다는 뜻으로, 몹시 놀라 넋을 잃음을 이르는 말